KB207011

우주를 따돌릴 것처럼 혼잣말

서귀옥 시집

문학동네시인선 230 서귀옥

우주를 따돌릴 것처럼 혼잣말

시인의 말

미어캣의 꿈은 도망에 성공하는 것이다.

살고 싶어서, 죽은 척하는 게 불가능할 때 일단 뛰고 본다.

죽어라,

여기까지 왔다.
매번
새로운 두리번거림이 나쁘진 않았다.

2025년 봄
서귀옥

차례

2부 벽 중독자

3부 삶을 연기할 땐 살아 있는 척

1부

암암리에 여럿의 나를 옮겨다니는 동안

貴玉

뱅골고무나무 화분에 노란각시버섯이 생겨났다

분실물을 되찾은 것처럼 흐뭇했으나

내 손 떠난 후, 장물아비를 거쳐 장마당으로 뒷골목으로
전당포로 전전하는 동안

모두의 것이지만 누구의 것도 아닌,

장물로 거듭난 돌반지처럼 바짝 독오른 게 굴러먹은 태
가 역력했다

엄마가 아버지 몸에서 나를 빼돌린 이후, 나도 내 안의 타
인을 떠돌았다 시도 때도 없이 발광해 스크래치가 잦던 열
네 살을, 친구 연애 미래…… 포기한 것들이 가장 빛나던
스물네 살을, 영혼까지 털어도 생활에 윤기가 돌지 않던 서
른네 살을……

암암리에
여럿의
나를 옮겨다니는 동안

퇴거 명령 아니면 병명 선고 받을 때 근근이 빛을 발하는

이름 하나 남았으나

돌아왔으니, 됐다

꿈에 독을 만지다 깬 새벽에는
나도
내가 반갑다

모욕

죽은 쥐를 보았다

쥐는, 다음날 납작해졌고 그다음날엔 체형이 무너졌으며 종국에는 꼬리만 남았다

조금씩 자신을 생 저쪽으로 옮겨놓았을

쥐도, 꼬리 치고 꼬리 사리고 꼬리 내리면서 오늘을 무릅써도 쥐꼬리를 벗어나지 못했다는 꼬리표만은 거두지 않았다

믿는 발에 밟히고도 꿈틀대지 못하고 이유 없이 잘리고도 발끈하지 못하고 매번 생활에 실패하고도 찍, 소리 한번 못 내고

꼬리가 더럽게 길어요 문 닫으라고!

반올림해서 백오십삼 짧다면 짧고 길다면 긴, 나는 누구의 약점일까

살아 있었네!

가끔 꼬리 잡히는 나를 떼놓고 저쪽에 안착한 신(身)은 얼

014

마나 거리낌없을까

여기 없는, 나를 으스대고 싶을 때

한 번씩

뒤꿈치가 들린다

낚시의 명수

한 달쯤 연락 안 되면 좀 들여다봐줘! 웃자고 던진 농담, 웃음기 쏙 빼고 듣던 지인은 한 달 만에 온다 와서는, 괜찮아? 그런다 골 아프지 뭐! 그러면, 대뜸 병원에는 가봤고? 그런다 헛헛하단 소리야! 그러면, 밥 먹으러 가자! 그런다

고맙게도

지인이 좋다 알면서 모르는 척 좋은 곳으로 이끌어서

모르면서 아는 척했다면 바이러스나 밥버러지 같았을 것이다

잘될 거야, 힘내! 그랬다면 좋은 말로 놀리는 것 같았을 것이다

썬뱅이는 제 머리의 돌기를 미끼처럼 흔들어 다른 물고기를 낚는다

살아남으면 사는 데 명수다

그냥 내버려둬!

이따금 발광하는 불행의 찌, 그때마다 지인은 덥석 낚여

준다

낚여서, 병원으로 밥집으로 데리고 간다

천국도 문제없다는 얼굴로

천사도

종종 낚인다

누락의 발견

병원에서 호명되길 기다리다가 뒤늦게 전산 오류로 누락
된 사실을 알았다

환자가 많아서…… 간호사의 변명이 병명보다 신뢰가
갔다

세계는 넓고 아픈 사람은 많다

응급실 쪽이 붐볐다 너무 일찍 가시를 삼킨 아이와 괜찮
다는 말에 걸려 실족한 청년과 생활이 길어져 생이 바닥난
노인

널리고 널려 신의 눈에도 안 밟히는 사람들

지인을 만나고 돌아올 때마다
악착같이 뼈를 뒤져
기어이 말의 파편 찾아내고야 마는 병적인 생, 하나쯤 빠
뜨리는 일이 대수겠어

원래 타인의 병이 내 손에 박힌 가시만 못한 법이다

안 보인다고, 없는 건 아니다

절대 일어나선 안 되는 일이 일어날 때

누군가는 반드시
여기,
있는 사람

누락이라는 단어 속에서 존재의 단서를 찾아낼 때

나도 한 번씩
있어,
마땅한 사람

패닉

언제까지 이렇게 살 거야? 자주 만나는 지인은 볼 때마다 쥐어박고

아직도 이렇게 사는 거야? 오랜만에 만난 지인은 한꺼번에 몰아서 때린다

살 만해! 나름 생활하는 사람으로 보이려고 무릎 털고 일어서면

농담이 나오니 거울 좀 봐! 검시관처럼 뼛속까지 부검한다

나쁘지 않네 사람 꼴로 사람 얘기 쓰기 싫었거든! 그러면 뭔가 있어 보일 줄 알았는데

그러니까 시가 어둡지 밥이나 먹자! 맥빠지게 너무 빨리 듣고 싶은 말을 한다

때려도 꼭, 뼈에 멍드는 체질인 거 알면서…… 죽을힘 다해 말하고 나면 진짜 죽을 것 같은데

죽을까봐 걱정하는 거잖아 멍이 액세서리도 아니고 왜, 잘 보이는 데 붙여줘? 지인과 나 사이가 좀처럼 좁혀지지

않는다

　그건 그렇다 치고

　겁 많은 지인은 얼씬도 못하는 골목을 지나 겨우 방으로
돌아왔는데

　이렇게 살고 싶니? 내가 나에게 지인처럼 굴어댈 때

　진짜, 답 없다

따뜻하고 무겁게

살고 있다, 나는

엄살도 부릴 줄 알고 슬쩍 심려를 끼칠 줄도 안다

도움 필요 없는 척 가능한 한, 추워 보이게 되도록, 마음 쓰이게

오리털 패딩이 생겼다 새것은 아니지만 진짜 오리털이야! 지인 말대로 만구천구백원짜리와는 차원이 달랐다 고맙지만, 거기까지 말하고 입 다물었다 고맙긴, 신에게 받은 걸 나누는 거야! 지인이 천사처럼 예쁘게 말할 수 있도록

그래야 나는 받아줘서 고마운 사람이 되고, 주는 사람도 신에게 면이 서니까

주머니 속 이쑤시개가 손톱 밑을 찔렀지만 이 악물었다 못에 찔린 것도 아닌데 호들갑은…… 그럴까봐 다만 신이 마지막으로 섭취한 게 뭔지 궁금해서 손가락을 핥았다

물보다 진한 맛이 났다

신도,

혈전 하나쯤 쌓고 사는 아버지 같고 옷 잘 벗어주는 착한 지인 같고 의식 없는 나를 위해 헌혈에 동참하는 의식 있는 인류 같고 무엇보다 오리털 패딩을 입은 내가 사람들과 어깨 나란히 사진 찍는 걸 보면 흐뭇해하실 것 같고

고맙지만 열이 많아서…… 손사래 치면 다신 나를 견디지 않을까봐

잘 보이는 곳에 뜻을 흘리고 다니면서

살아남았다 비교적,

소녀일 적에,

나는 이상하고 아름다운 말을 입에 물고 다녔다

실수로 깬 거울에서 갖고 싶은 얼굴 발견할 때
쓰다 망친 문장이 시 같을 때
빈 답안지 제출하고 돌아서는데 정답을 쓴 것처럼 뿌듯
할 때
계속 그렇게 살래? 급훈을 고민하는 척
명찰 거꾸로 달고 물구나무선 기분으로
골목 서성이다가
지구레코드사에서 흘러나오는 비틀스의 〈Let It Be〉를 들
을 때

아, 살 것 같다!

그랬다, 그러면 진짜 누가 나를 살려준 것 같았다

또 시작이구나, 못된 말버릇…… 틀려먹었어, 넌!

살겠다는 말이 소녀답지 않다고 오답 처리하는 엄마가 잘
들을 수 있게, 다음번엔 메리의 딸로 태어나게 해달라고 기
도할 때마다

내일의

내가

그리울 때마다

별 오로라 반딧불이 멜론 자유…… 반짝이는 낱말들 머리
맡에 붙여놓고 꿈을 청하던

소녀일 적에, 그리고

오늘

*BTS saved my life**

너무나 소녀인

소녀들의

이상하고 아름다운 비명을 들었다

* '*BTS*가 저를 살렸어요.' 미국 로스앤젤레스의 공연장 앞에 모인
소녀 팬들의 말.

인비저블

청년은 백골화된 채로 발견되었다

거의 진행을 마친 상태였다

내 꿈도 투명인간이었다

투명 망토가 동화에서나 구할 수 있는 아이템이란 걸 알게 되자 보일까봐 무서운 나이가 왔지만 그 무렵 배운 스넬의 법칙으로 있어도, 자주 없었다

십대는 부모와 선생과 판사가 범접할 수 없는 사각지대가 아니라 부모와 선생과 판사처럼 다른 매질(媒質) 사이에서 굴절되는, 분명히 있지만 안 보이는 현상이다

그땐 몰랐다 진짜, 안 보여서 무서운 시절이 닥치리라는 것을

세상이 연출한 수많은
매질 속에서
여기, 사람 있어요!
죽어라 외쳐도 혼자뿐인 새벽이 오리라는 것을

청년은 내일 뭐 입지? 고민하지 않는 선까지

거의

없는 사람을 이뤄냈다

왓추어네임?*

❀꽃마리

꽃차례가 태엽처럼 돌돌 말려 있어서 붙은 이름

내가 잡초라고 불렀던 것에 명쾌한 팻말이 붙어 있다

꽃마리!

꽃마리 모양의 허밍 하나 흘렸을 뿐인데 재깍재깍 풀리
는 꽃송이

꽃마리에게 꽃마리가 꼭 들어맞는 열쇠인 셈

어떤 신이 천사에게 비밀로 하고 오직 인간에게만 알려
주었다는

세상 모든 사물의

진짜 이름

*

너 이름이 뭐니?

　예능 프로그램에서 누군가 양희은의 어투를 모사할 때
마다 그녀가, 주목받고 싶은 사람들의 열쇠를 쥐고 있다
는 생각

*

본인이세요?
아니요, 저 아니에요!

　통신사 고객센터 상담원에게 휴대폰 약정 해지 절차를 확
인하다가

　이건 망자의 것이고 나는 아직 살아 있으며 관심 좀 받
아보려고 읽지 않은 메시지가 버젓이 남았다고, 발설하려
다 관둔다

　입이 무거워 독립운동해도 되겠다는 지인의 말 뿌듯하다
가도 손대는 족족 죽어나가는 식물 볼 때마다

—   내가 삼킨 것이 기밀문서가 아니라

열쇠 꾸러미 같아서

*

전정자씨, 잘 가요 담에 또 봐요

그때 쿨하게 손 흔들었다면 가는 쪽도 남는 쪽도 홀가분
하고 보기 좋았을 텐데

엄마, 엄마!

왜 못된 말은 입에 착착 감기는지

잡상인 잡목 잡배 잡역부…… 어이없게 오명을 덮어쓰
고 사는 것들

억울하고 아프겠다

생각하니 다시, 보인다 팻말 도감 비석에서 면모를 드러
내는

—

신예들

* 양희은이 개설한 개인 방송 채널.

분홍꽃댕강

가차없는

부르면 입술이 베이고, 부르지 않으면 분홍이 꾸민 일에 낚이는

귀여운 핑크 순진한 핑크 프레임 씌우지 마! 레드가 되려다 실수해도 화이트가 되려다 실패해도 핑크는 핑크일 뿐 내버려 둬, 좀!

힙하게, 셀프 디스하는

뭐가 되려고 쯧…… 공기 반 소리 반 세련되게 복화술을 구사하면

꽃 피기 딱 좋은 날씨네요 피어는 드릴게!

꽃을 물었는지 칼을 물었는지 알 수 없는 허밍으로 혀를 잘근잘근 씹어대는

면도날처럼 얇게 갈린 명찰 심장 가까이 꽂으면서 한사코 피어는 보겠다는

요즘 것들처럼

앳되고

짠한

이름이 있다

네, 대답하면 세상이 안심한다

미모사라고 해요 만지면 반응하는 식물이죠
꽃집 주인이 툭, 치자
화들짝 잎을 접는 미모사
그 반응이 갸륵해 화분을 사 들고 오면서 자꾸 건드려보
는 것이다

그런 식으로 여기까지 왔다

소문은 들었지?
사람은 대부분 집에서 죽는걸요, 전 귀신 안 무서워요

시세보다 오만원이 싼 방 월세 계약서 쓴 후
물은 잘 나오는지 밥은 먹었는지 어디 아픈 덴 없는지
눈만 마주쳐도 답이 되는 질문을 들고 시도 때도 없이 들
이닥치는 주인집 할머니

네!

꼬박꼬박 대답하기 위해
잘못된 자세를 고쳤고
아무것도 더럽히거나 훼손하지 않은 채 그 방을 빠져나
왔으니

안에 있어요?

내심 한번 더 불러주길 기다릴지 모르니까
크고 벅차서
물고만 있는 대답이 있을지 모르니까

미모사를 심장처럼 끌어안고

적막을 잡동사니보다 높게 쌓아올린
이웃의 방,
문을
두드려보는 것이다

반향

모과나무에 모과는 없고 모과만한 향기들이 매달려 있다

모과보다 더 모과 같아

무섭고 무겁다

무언가 오래 머무는 자리마다 남아 있는 묘한 잔상들

지난 계절부터 거치대에 묶여 있는 자전거, 시멘트 바닥에 찍힌 고양이 발자국, 원조 국밥집 간판, 벽시계, 일요일의 송해, 어머니……

잘 보이는 곳에 없는 듯

있다가

사라진 뒤에야 완전히 드러나는 존재감

서랍 안쪽이나 문갑 뒤 냉장고 밑이나 구석진 꿈속에서 짜잔, 발견되는 유류품처럼

실물보다 더 실물 같아

반갑고

심히, 불편하다

참을 수 없이, 무거운 마음으로

막돌을 주웠다

그걸 어디다 쓰게요? 지인 말에, 내가 알아서 해요! 대답했다

근면한 사람이 된 것 같았다

돌이라고 다 같은 돌이 아니라는 뜻이겠으나

자신을 울린 인간의 뒤통수나, 하라는 일은 안 하고 주제넘게 주인 이겨먹으려는 작자의 면상이나, 얘기도 안 들어보고 담백하게 기도만 받는 신의 이마를 깨고 싶을 때

딱히 누굴 죽이겠다는 결심이 아니더라도

모나고, 못난
돌로
괴고 쌓은
돌담 앞에 널브러진 태풍의 흔적을 볼 때

가치 있는

그게, 그 돌이라는 사실

여기, 있다면 모름지기 있어야 하는 것이라는 사실

말은 그렇게 해도 지인은 안다

내가, 사람을 계속하고 싶어한다는 것을

돌을 주머니에 넣었다

빈틈없이

꽉 찬 사람이 되었다

미래는, 내가 이름 붙여준 나의 골든레트리버

1

나도 꿈 있거든요!

미래는 자신의 꿈이 아름답다고 믿는 자의 것이다.* 이런 명언은 몰라도 꿈★은 이루어진다, 이 아름다운 말은 믿음이 갔으므로

일단 내지르고 본 도발 덕분에

멋진,

미래가 생겼다.

2

미래를 처음 만났을 때

미래가 내 것도 아니고 아직 미래도 아니었을 때

놈은, 아스팔트 위에 펼쳐져 있었다. 타탄 패턴의 스키드 마크 때문일까. 스코틀랜드산 킬트를 입은 것처럼 보였다.

스포란과 백파이프만 있으면 영락없는 하이랜더였다.

더럽혀지기 전 병원에 데려가 탈골된 숨을 맞춰주려고 놈을 끌어안았다.

불확실한 미래를 떠안은 기분이었다.

지금껏 살아본 적 없는 시간대에 발 들인 것 같은, 지구본 위에 있지만 가본 적 없고 가고 싶지만 갈 방법은 모르겠는 스코틀랜드…… 내 꿈의 시발이었다.

오늘부터 넌 미래야.

그날부터 미래는 꿈속에서 살았다. 얇은 잠으로 뚝딱 만든 조립식 꿈이지만, 첫 집이 맘에 드는 눈치였다.

낮에는 꿈이 허술하고 무엇보다 풍선껌처럼 금방 터져서 미래를 만나려면, 숨에서 피 맛이 날 때까지 녹초가 된 후 이불을 뒤집어써야 했다.

그러면 미래가 보였다.

물론 미래를 만난다고 해서 내일이 쉬운 건 아니었다. 다

— *같이 죽자!* 선잠 속으로 깨진 병조각이 날아들거나 *일어나,
도망가야 돼.* 누나가 귓불 당기는 날에는 자정도 못 넘기고
깨곤 했다.

한번 깨진 잠은 잘 붙지 않았다. 그럴 땐 자정의 난간에
매달려 소리쳤다.

내일 봐!

3

그래서 꿈이 뭔데?

5학년 담임이 재촉할 때 〈신비한TV 서프라이즈〉에서 본
네스호의 네시를 떠올렸다.

네스호의 괴물……
장난해?

6학년 담임은 유연하고 능글능글한 편이었다.

선생 김봉두께서 빈 봉투 나눠주면서 말씀하셨지. 선생을 위

해 뭘 해야 할까? ha, 눈치 없는 새끼 쉐끼…… 감사를 몰라요,
감사를…… 억울하면 가난한 애비 원망해, 새꺄!

책으로 이마로 내 머리를 치면서 국어책 플로우를 했지만
비트를 탈 줄 아는 선생이므로 말이 통할 것 같았다.

북치기 박치기, 북치기 박치기. 나도 꿈 있어, yo. 디즈니랜
드에 없고 에버랜드에 없고 스코틀랜드에 있어, yo. Yeah! 네
스호엔 네시가 있지, yo. 있어도 없고 없어도 있지, yo. 꼰대는
*모르지, yo. 요즘 권투계랑 똑같아. 알 리 없지,** yo.*

잽을 날리듯 랩을 날렸다. 펀치라인으로 적을 디스하는
것이 유행이었지만 선생에게 주먹을 날릴 순 없었다.

북치고 박치고. 아프냐, 나도 아프다. 꼴통 새꺄. 네시는 네
꿈. 내 꿈은 네시 퇴근. 물 건너간 네시. 장난 나랑 하냐, 지금!

생활기록부 행동 특성 및 종합 의견란의, '표현력은 다소
미흡하지만 향후 발전이 기대되는 창의적인 아이'가 마음에
들었다. 삐끗, 사람이 사람을 놓치는 순간 발 들인 다른 세
계의 시차랄까. 매직아이의 착시랄까.

4

캠핑 가자.

어느 날 아빠가 부잣집 아빠처럼 말했다. 가방을 챙기는 내 들뜬 등짝을 중3 누나가 힘껏, 쳤다.

눈치 챙겨, 여행 아니야.

그날 누나는 첫 가출에 실패했다. 누나를 찾느라 조금 늦게 호수에 도착했다. 처음이라 그런지 뭔가 부족하고 틀어졌지만, 그게 캠핑의 묘미라는 아빠의 변명이 멋지게 들렸다.

아빠, 나중에…… 스코틀랜드에 여행 가자.
거긴 왜?
네스호에 네시가 있잖아. 그거 보러.
거기서 찍혔다는 사진 다 조작이야.
알아, 아는데…… 있다고 우기면 있을 거 같잖아. 꿈처럼.
우긴다고 꿈이 되면 그게 꿈이냐, 겸이지.
꿈은 이루어진다. 끝까지 우겨서 된 거라며?
인마, 홈그라운드니까 가능했지. 스코틀랜드라…… 미래가 있다면 모를까. 우리에겐 없는 게 많아. 그래서 말인데, 여기

도 꽤 유명해. 지금이야 생태계 복원도 되고 좋아졌지만 예전
엔 물고기가 떼죽음당하고 사람도 여럿 삼켜서 죽음의 호수라
고 불렀어. 괴물 보러 갈래?

싫어.

왜?

네스호의 네시를 보겠다는 거지, 시화호의 시체가 되겠다는
말이 아니잖아.

첫째. ~~스코틀랜드 가가~~ 미래 갖기.

처음 버킷리스트를 고쳐썼다. 그날 어떻게 집으로 돌아왔
는지 기억하지 못하는 아빠는 가끔 내 앞에 무릎 꿇고 앉아
두 손 싹싹 비비곤 한다.

아버지, 내 죄를 용서해줘.

5

겨울이 가니 이번엔 꽃샘이 성화였다. 기껏 닦은 창문이
눈발로 다시 얼룩졌다.

괜찮아. 청춘일 뿐이야.

그러자 미래가 아팠다. 제 꼬리를 쫓으며 빙빙 돌았다. 그
게 전진인 줄 알고. 어느 날은 목줄에 걸려 컥컥거렸는데 잘
못된 방향으로 돌다 감긴 것인지 다른 뜻이 있는지 알 수 없
어서 그냥 두었다.

할 수 있는 일은, 미래와 마주치지 않는 것뿐이었다.

야간 알바를 늘리고 미래에게 유기당한 기분이 들 때까지
밤을 떠돌았다.

꺼져, 너 때문에 되는 일이 없어!

박새가 옥탑 창을 들이받은 낮, 사나운 잠꼬대에 이마가
깨졌다.

블랙아웃 베나드릴 스컬브레이커…… 낮에 죽는 챌린지
가 유행처럼 번졌다.

6

눈뜨면 종종 병원이었다.

이번엔 하늘이 도왔지만 내일은 장담할 수 없습니다.

으스러진 숨을 맞추면서 의사가 겁주었다. 내가 죽으면 의사는 뭐 먹고 사나, 걱정하다가 내겐 미래가 있고 천천히 오래, 죽을 예정이라고 안심시켰다.

오래전 일입니다만, 저도 죽은 개를 본 적 있습니다. 제가 같이 놀자고 쫓아가지만 않았다면…… 살아 있다고 믿기로 했습니다. 죄책감도 덜하고, 좋은 게 좋으니까. 미래도 헛것인 셈입니다.

살아 있었어요.

미래에 관한 한 사실 여부 같은 건 중요하지 않습니다. 지라시나 말년 운 좋다는 점괘처럼 믿기 나름이죠. 지라시가 거슬리면 뇌피셜로 바꿔도 됩니다. 객관적 근거가 없는 추측이나 주장이라는 점에서 그게 그거니까. 중요한 건, 지금…… 들립니까?

앰뷸런스 사이렌 소리가 가까워졌다. 방금 내가 걱정한 의사의 먼 미래였다. 내가 죽어도 의사는 먹고사는 데 지장 없어 보였다.

제 꿈은 사람을 살리는 일이었습니다. 그게 저를 여기로 이끌었지요.

이 나이만큼 살고도 여권을 가져본 적 없다는 게 부끄러웠다. 수액과 피가 뒤죽박죽 섞여 낮인지 밤인지 헷갈렸다. 눈이 감길 때마다 미래가 보였다. 사람이 수없이 빠져나간 환자복을 입고 있었다.

꿈을 오래 꾸는 사람도 있습니다. 이유야 어떻든 분명한 건 꿈꾸는 한 미래는 언제나 거기, 있다는 겁니다.

그랬다, 미래에 관한 한 누가 누구를 걱정하는 게 말이 안 되었다.

지구본에는 죽기 전에 가봐야 할 수많은 '나의' 미래가 있고

사람은 제 꿈의 보폭과 속도로 시차를 수련하면서

거기,

다르게 도착할 뿐이었다.

* 엘리너 루스벨트.
** 스윙스, 〈불도저(Bulldozer)〉(2013) 중에서.

2부

벽 중독자

지인들

나는 이 방에서 사는 게 좋다

올 데까지 왔으니
한 번쯤 더 멀리 갈 생각도 안 해본 건 아니지만
싸우고 화해하는 재미에 빠져
단기 계약을 몇 번 연장했다

이 방에는 벽이 여럿 있고
벽은
저마다 취향이 다르다

포스트잇이 별자리처럼 붙은 벽은, 인상이 좋다 현실과
동떨어진 명언이나 시구가 적혀 있지만 빤한 충고나 격려보
다는 들을 만하다

진짜 위로받고 싶을 때는 말보다 표정이 중요하니까

어떤 벽은 못을 삼켜도 울지 않는다 대체로 믿음이 강한
액자가 걸려 있는데 알고 보면 큰 슬픔이 숨어 있다 사람이
라면 그 뜻도 헤아릴 줄 알아야 한다

관계를 아주 망칠 작정이 아니라면 좋은 게 좋으니까

한 번씩 돌변하는 벽도 있다 창이 나야 할 자리가 막힌 벽인데 처음에는 무서워도 뒷배려니 생각하면 든든해진다 가령 사채 받으러 와선 쪼잔하게 새끼손가락만 달라는 어깨들이, 죽고 싶어도 못 죽게 뒤를 봐주는 것 같은…… 농담이다 이 방에서 발전했다

살고 싶어, 죽겠다!

전에 살던 사람의 문체가 종종 발견되는 방에서만 가능한 유머다

거울이 걸린 벽면은 물기가 많다 벽간이 얇아 물소리가 넘나들기 때문인데 눈물은 더 큰 눈물로 덮어야 티가 안 난다 물론 타이밍이 중요하다

쾅쾅, 벽의 비속어만 받아넘기면 큰 문제 없다

저마다 자신의 방식으로
거기
언제나
있는

벽의 무한한 우직함

나는 벽 중독자

기댈수록 넓은 등에 업힌 것 같고 지금껏 한 번도 혼자인
적 없으며 앞으로도 그럴 거라는

확신이 들어서

여러모로

마음 붙일 데가 많아서

바람과 함께

커튼 있는 방에서 살기!

만나는 사람마다 꿈을 닦달하던 시절, 나는 대답했고 그 대답이 맘에 들었다

커튼을 펼치면

청춘의 서막이 열릴 것 같고 무엇보다 꿈이 쉬워 보였다

스칼렛 오하라는 레트 버틀러를 만나러 갈 때 초록색 커튼으로 만든 드레스를 입었다 페이퍼 돌 패션이라는데 그건 모르겠고…… 가문이 몰락해가는 동안에도 묵묵히 창문을 지켜온 커튼으로 마음만 먹으면 충분히 밧줄을 만들 수도 있었다

그런데 드레스라니, 충격이 신선했다.

인상 좀 펴!라는 말이 커튼 좀 펼쳐!로 들리기 시작한 것도 그 무렵이었다

레이스 커튼 시폰 커튼 에어 커튼 로만셰이드……

지하방에서 구할 수 없는 단어들 꿈에서 빌려다 잠꼬대

─ 할 때마다

꿈 깨! 식상하게 판 깨는 자명종

기껏 깨어나서 하는 일이란 밤새 깨진 포스트잇을 쓸어
담는 것

꿈은 크고 뭔가 있어 보여야 한다는 걸 몰라서 바람 부는
쪽만 쳐다보다 바람과 함께 싸악,

이십대가 날아갔다

창문 있는 고시원에서 살기!

버스 옆 좌석 청년의 버킷리스트를 엿보았다 나름, 있어
보이기 위해선지 형광펜이 칠해져 있었다

줄일 게 따로 있지 꿈을 졸라매는 사람은 되지 말라고, 내
일은 내일의……

듣기 좋은 말을 고르는 사이

청년이 벨을 눌렀다

급기야

한 세대가 하차했다

균열은, 또다른 길이다

오래된 집, 벽지를 뜯었다
길이 많았다
모든 길은 방문 손잡이 쪽에서 끊겼다

후우, 바람을 불어넣자 햇빛의 자잘한 소란과 쾅, 문짝의
비속어와 말이 되지 못한 비명들이 한꺼번에 쏟아졌다

지금은 각자 자신의 성벽을 쌓는 중이라고 언젠가는 열
릴 거라고

문을 무릅쓴 채 꿍, 미세하게 깨지는 숨의 진동까지 새겨
들었던 것이다

사람 사는 거, 똑같다
뭔 소리야?
무슨 대단한 게 있어 보여도 그 집이 그 집이고, 거기서 거
기라고
쫌! 이놈의 집구석엔 비밀이 없어, 비밀이!

~~이 집에서 안 되는 게 남들처럼 사는 거라서, 이만~~

가능한 한 못되게 썼다가 식상한 시 같아서 지운 다음날
생뚱맞던

오래된 사람을 이장하다가 보았다

무수한 길들

지금껏 들은 것은, 한 시절 흉흉했던 루머나 괴담 같은 거
라고
그냥 없던 걸로 치자고

어물쩍 덮느라
제법
뗏장이 들었다

사람이 서툴러 사람을 떠돌고 있다

못 박는 일에 번번이 실패했다

벽에 부딪혀 튕겨나온 못마다 쓸쓸한 뒤통수가 생겼다

벽 보고 앉아 혼잣말 세게 하면 우주를 따돌린 것 같은 못,
된 기분도 그렇게 생겼다

젖은 벽지를 손보다 보았다
못 자국들
멋대로 흔적을 남긴 노크들

벽도 못을 견디었던 것이다

중심(中心, 衆心)이 마음의 종점인 걸 몰라서
아무나 붙잡고 아는 길 물어보고 맥락 없는 길거리 싸움
에 휘말리면서
나도 이곳의 일원이라고 악악, 악쓰다 돌아와
웅크린 채
잠을 앓는 동안

지인도, 차고 뾰족한 말끝을 참아냈을 것이다

되게

아팠을 것이다

집이 날아갔다는 말을 들었다

1

집이 날아갔어!

한 남자가 경매 법정을 빠져나오면서 혼잣말을 했다.

무심코 하늘을 보았다.

마침 새가 날고 있었다. 누군가 살다 나온 집처럼 텅 빈 새였다.

서류 가방을 왼손으로 옮겨 들다가 놓칠 뻔했다. 가방에 든 것이 부동산강제경매신청서가 아니라 지번을 가진 새처럼 느껴졌다.

2

선사유적지에서 새 화석을 닮은 집터를 보았다.

바람이 깃들기 용이하게 배치된 뼈대와 내부 구조가 경이로웠다.

집은, 새의 건축 공법으로 지어졌다.

그러니까 태초 막집을 지은 원시인은 최초로 비행을 꿈꾼 인류. 그들은 새의 도면을 손에 넣기 위해 새들의 무덤인 서쪽 하늘을 파헤쳐 설계도를 빼냈거나 비행하는 새를 쏘아 해체한 후 구조와 기능을 익혔다.

우기에도 녹슬지 않는 나무로 골격을 세우고, 속 빈 풀로 지붕을 삼고, 새가 오래 앉았다 간 나뭇가지를 태워 아랫목을 데운 건 우연이 아니다.

그것이 첫 집이 되었을 때,

아버지도 한 번쯤 아주 눌러앉고 싶었을 것이다. 조물주보다 한 수 위인 건물주라는 직함과 매번 같은 자리에서 눈 뜨는 아침이 자랑스러워서…… 그러다 문득 새가 시시해질까봐, 틈틈이 집을 덜어냈을 것이다.

가장답게, 야금야금 허리를 졸라매면서.

엄마는 엄마대로 토기보다 쉽게 부서지는 생활을 가벼운 해프닝으로 만들기 위해 실리나 실용과는 거리가 먼, 이를테면 아메리카 원주민 오지브와족의 드림캐처 같은, 새의 깃을 거미줄로 엮어 창을 꾸몄을 것이다.

후투티 팔색조 흰눈썹황금새 곤줄박이…… 예뻐서 잘린 날개들 바람에 놓아주면서.

아이들은 겨드랑이에서 프라이머리 깃이 자라는 줄 알고 까치발 드는 척 무지개 쫓는 척 뼈를 깨뜨리면서 무럭무럭 뼛속을 비웠을 것이다.

꿈에서 추락하면 키 큰다는 말을 완전히 새 됐다는 유머로 발전시키면서.

새가 하늘을 닮아가듯 한집에 사는 사람들도 피와 살과 병을 맞춰나갔을 것이다.

현기증 멀미 이명…… 소소한 비행의 전조들 유전자 속에 각인시키면서.

3

레오나르도 다빈치는 사람으로 퇴화한 최초의 조류일지 모른다. 오르니톱터와 공중 스크루 등 비행 기계 스케치를 보면 그가 자주 신과 대면했다는 사실을 알 수 있다. 다른 건 몰라도 신의 실루엣과 흡사한 날개, 그건 사람 너머의 일이니까. 끝까지 정체를 들키지는 않았지만 이후 항공의 아버지 케일리가 엔진 없이 활공비행하는 글라이더를 만들 때, 라이트 형제가 동력 비행기를 제작할 때, 한 번씩 새의 모습으로 다녀갔을 것이다.

헬리콥터 패러글라이더 호버보드 윙슈트…… 이 모든 게 갈 데까지 가보고 싶어하는 인류의, 욕망이 만들어낸 새의 모형이라면

게르 티피 카사비앙카 말로까 갓쇼 토루 한옥…… 바람 위에 지은 집 역시 신에게 닿고 싶은 인간의, 기도가 이룩해낸 새의 산물이다.

물론 예외는 있다.

키위새 에뮤 펭귄 모아새 타조 카카포…… 그들은 날지 않는 것으로 인간 속 뜻밖의 복병이 되었다.

집돌이 집순이 인도어파 홈보디…… 집집마다 다크호스가 있다. 그들의 특기는 예상을 가뿐히 뛰어넘는 것. 침대 소파 방바닥의 보호색을 떠다가도 방을 나갈 때 한 번씩 날

— 개 단다.

4

오래된 집에서는 흙속을 날고 있는 새의, 날개깃 냄새가
난다.

집도 붕괴하면서 가장 성행했던 날들의 날개를 접는다.

천천히

오래

날아가는 고택은 극락조에 가깝다.

5

법무사 사무장이 하는 일은 집의 비행을 돕는 것.

거미줄에 매달려 있는 집이 좋은 쪽으로 날아갈 수 있도
록 바람 잡아주는 것.

—

새도 오래 앉아 있으면 살 맞으니까.

버텨봐야 소용없어요. 날아가는 걸 무슨 수로 잡겠습니까.

옛날에 집달관이 아버지에게 했던 말, 신을 향해 뻐꾸기 날리면서 공중을 열어주는 것.

나는 새도 한 번씩 깃을 쳐야 더 높이, 멀리 날 수 있으니까.

내가 서류를 접수하고 나올 때까지 남자는 그 자리에 서 있었다.

바람 센 쪽으로 머리카락을 흘려놓고는

새 번지를 찾아 날아가는 새들의

뒤를

힘껏 봐주고 있었다.

명분

자작나무에 미동 없이 앉은 직박구리 발가락이 얼어붙기 직전 꿈에서 깼다

아무것도 실행하지 않았는데 3월이었다

뜻이 돌돌 말린 포스트잇을 떼고 새것을 붙이자 벽이, 뜻 깊어졌다

마침내, 할일이 생각난 사람처럼 방을 나왔다

골목이 길어 각오가 오래, 뿌듯했다

잔설 위 햇빛 몇 가닥이 민들레를 건져올리고 있었다

살아 있었네!

좋은 말로 때리는 지인과 마주쳤다

사는 거…… 좋아하는구나, 나도

나에게

면이 섰다

타임 리프

　이사 박스를 풀었다 새롭지도 핫하지도 않은, 테트리스 블록 맞추듯 몇 개의 살림을 배치하자 어제로 돌아온 것 같았다

　저기, 우리 초코를 묻은 자리예요

　방금 전에 본 사람처럼 이웃이 울타리 쪽을 가리켰다 들장미가 철망을 오르고 있었다

　뾰족한 거, 질색인데! 괜히 지인처럼 솔직하게 굴어서 막 시작한 사이를 끝내고 싶진 않았다

　예쁘네요
　암요. 길을 떠돌던 놈이라 사납긴 하지만…… 앗, 따가워!

　손에 침 바르는 이웃이, 흠집 내면서 알은체하는 것들에게 매번 당하는 호구 같았다

　가까이 가도 돼요?
　오는 사람 안 막고 가는 사람 안 붙잡지만 조심하는 게 좋을 거예요

　왠지 사람 좀 아는 사람 같아서 피에 힘을 빡 주었다

안녕…… 아얏!
자고 일어나면 괜찮아져요 다 그렇게 참으면서 살아요

그 말에 원래 알던 지인 같고, 이사온 게 아니라 되돌아
온 것 같았다

그래도 반가운가요?
한 번씩 사라졌다가 나타나서는, 꼭 손닿는 높이에 앉아
사람 가지고 논다니까 신경 쓰이는 제스처로 관심 끌면서도
막상 사진 찍으면 흔한 꽃받침 포즈뿐이고, 좋은 기분 비벼
대다가도 기껏 다가가면 할퀴고, 저놈의 발톱! 그래도 사람
좋다고 옆에 오니 반갑죠, 당연히

문득 참을 수 없이 빠르고 가볍게 끝낸 몇 번의 전생이 떠
올랐다

재림이든 환생이든 빙의든

이번 생이 가장 핫한 전생으로의 시간여행이라면 나는 누
구의 시간을 살고 있나

사람이 가장 흥하게 피고 지는 골목에 앉아

전생에 타다 만 그림자 속을,

헤집어보는 저녁이

잦다

요요

이사오는 동네마다 폐가가 있으니까
한 번쯤 살다 나온
집으로, 번번이 돌아오는 것 같다

어제보다 멀리 가보려고, 내일의 날짜로 딱지 접으면서
하이힐 커리어우먼 라이프스타일 캐리어…… 꿈에 주워들
은 말들 흘리고 다니면서 차차 집 밖의 시간을 늘리면서 수
순처럼 집을 빠져나왔고

집으로, 도망치지 않으려고

빗소리에도 젖는 벽과 지린 햇빛 몇 방울이 묻어 있는 창
문과 가만히 누워서 올려다보면 타인의 발바닥이 발견되는
방으로 옮길 때마다 한 번씩 딴 맘 먹곤 했는데

집밥 먹으러 와!

서랍 안쪽에 둔 다이어리처럼 잘 숨길수록 크게 들키는
마음

손목 스냅으로 현란하게 조작되는 스킬 토이처럼
돌아오도록,
기획된 피의 탄성에 놀아나는 기분

푸른 칠 벗어진 잡초를 밀면 대문짝만한 온기가 혹 달려 나오는

　집으로, 들어설 때마다

　갈 데까지 갔다가
　죽자고
　살아,
　온 것 같다

집밥

　뭐하긴, 밥 먹지 (사이) 요즘 밀 키트 집밥보다 더 집밥 같거든. (사이) 뭐래? 핸드메이드는 뭐고, 리미티드에디션을 어디 갖다 붙여! 밥 짓는 일에 대단한 노하우나 전략이 있는 줄? 설령 있다고 해도 컵밥 쪽에 많겠지 명색이 대기업이니까

　편의점에서 컵밥 먹는 소녀의 통화를 듣다가 사레들려 콱, 목멨다

　특별한 이상이 발견되지 않는 병이 도질 때마다
　밥이 약이다, 가만히 차려 내온 고봉밥이
　한 생이 공들여 지은
　집과 밥,
　찬란하고 융숭한 유산인 걸 몰라서

　그놈의 밥, 사육당하는 거 같잖아! 밥상 엎고 집 나온 후 가장 자주 듣는 말

　밥 빌어먹고 살겠니?

　낮에 들은 말들 곱씹으며
　컵밥 먹을 때마다
　뭔가 있어 보이려고 급조한 서울말처럼

혓바닥 위를 굴러다니는
밥알들

소녀도 여기 단골이 될 때가 올 것이다

허겁지겁 삼킨 것이 대형 브랜드의 밑밥처럼 느껴질 때

자신이 뭘 가지고 있는지 몰라서
언제 밥 한번 먹자!
그럴듯한 말로 차린 공밥들 진짜라고 믿으면서
빌어먹을,
컵밥 욱여넣을 때

내상

만지지 마시오!

복숭아 바구니 앞에 딱딱한 말투를 걸어놓고 주인은 없다

주인이 배달 가서 잠깐 봐주는 거예요 못 보던 얼굴인데
이사왔나보다 복숭아는 무른 게 더 달아요 여기 주인이 좀
억세 보여도 남편 죽고 애 둘 키우면 원래 그런 거니까 안됐
다, 생각하고 자주 오셔……

달콤 살벌한 이웃만 있다

잘 알지도 못하면서 다 아는 척할까봐

저를 아십니까?

딱딱한 말투 뒤에 숨어 복숭아를 본다 괜찮은지 아직, 살
만한지 슬쩍슬쩍 들여다본 마음들

나쁜 생각 마셔! 힘주어 어깨 다독이는 채권자와 안에 있
어요? 다짜고짜 들이닥치는 이웃과 죽지 마, 말 잘 들을게!
무고한 아이들의

맵짠 손맛들

달게
견디고 있는

안됐다! 유감스러운 데까지 밀어붙여야 가게도 봐주고,
피도 쩔러보고, 손님이 오면 제 손자국 뜻깊게 만들 수도
있으니까

바늘로 쩔러도 피 한 방울 안 나게 생겨먹었어, 넌

푹푹 뼈를 찌르면서

마침내, 울음을 터뜨려야 인간적이라고 안심하는

지인들은
어디서
나를 들었을까

클레임

한 번씩, 앰뷸런스가 우리 동 앞에서 비명을 지르다 가 곤 한다.

택배 받으러 관리실에 내려갔다가 손목에 흰 붕대를 감은 여자를 보았다.

죽다 살아날 때마다 다잡아보는 심장한 결심처럼 친친, 완강했다.

언박싱의 설렘만 남기고 물건은 돌려보내겠다는 단호함 이 엿보였다.

사랑합니다, 고객님. 1004 고객센터입니다. 불편을 드려 죄송합니다만 고객님은 이미 블랙컨슈머 리스트에 올랐습 니다.

사랑은 됐고요, 언니! 언니도 언니라고 부르면 열받죠? 저도 그래요. 도대체 한국인 소비자라고 몇 번을 말해요? 나는 피해자이고 이건 정당한 클레임이에요. 객관적 하자 와 결함이 명백한 물건에 대한 소비자의 권리를 주장하는 거지, 단순 변심이나 악의적 심보로 이목이나 끌자는 게 아 니에요.

열받았다니 사과드립니다만 고객님이 지나치게 예민한 건 아닐까요? 결함이라니 듣던 중 황당해서요.

어이없네. 황당한 사람은 나죠. 사진과 실물의 갭이 이렇게 클 줄은 상상도 못했으니까.

어이없는 중에 죄송합니다만 그건 필터 및 브러시 블러 효과 등 사진 편집 도구를 이용한 연출 컷입니다. 이미지가 제품 구매에 영향을 미치니 어쩔 수 없는 일이지요. 그 정돈 감안하셔야 합니다.

외형을 말하는 게 아니잖아요. 박스 여는 순간 사용설명서에 없고 원한 적 없는 불행이 딸려나왔어요. 그 험한 게 나올 줄 알았다면 구매하지 않았을 거란 말입니다.

행과 불행은 명과 암처럼 양면인데 그걸 따로따로 보시다니요.

보이는 게 다가 아니라니까요. 제어되지 않는 작동 때문에 넘어지지 않아도 무릎 깨지고, 목 조르지 않아도 목메고, 저지른 적도 없이 반성하는 죄들…… 세상에 감금된 죄수 같단 말입니다.

답변이 될지 모르겠지만 궁극적으로 산다는 게 벌받는 일
이라서⋯⋯ 풉!

웃겨요, 지금?

죄송합니다. 죄짓지 않고 산다는 말이 얼토당토않아서 그
만, 고객님이 입고 삼키는 게 누군가의 피와 살일 텐데요.
목메는 건 정상입니다.

너답지 않게 왜 이래? 이 말 들을 때마다 남의 살을 입은
것 같은 기분이 정상입니까?

고객님이 주문한 생입니다. 피팅모델의 옷처럼 딱 들어맞
을 순 없지요.

패셔니스타가 되겠다는 게 아니라 누굴 만나 어떤 말을 듣
고 돌아와도 피가 아프지 않은 사람으로 딱 하루만 살아보
고 싶다는 뜻이에요.

Oh my god! 그건 세상없는 조물주도 못 해요. 제조업자
가 물건을 만들 땐 쓸모와 필요를 염두에 둔 겁니다. 쓰기에
따라 광도 나고 흠도 나지요.

처음부터 제대로 만들어야죠. 그럼 이런 사달도 없을 것 아닙니까!

명심하시오. 이제부터 나는 품질이 좋지 않은 구리는 여기서 받지 않겠소. 나는 내 마당에서 주괴를 선별해서 골라갈 것이고, 나를 모욕적인 태도로 대한 당신에게 거부권을 행사할 것이오.*

악덕 상인 에아나시르에게 클레임의 이유를 조목조목 지적했던 난니처럼 시대 불문 소비 주체로서 똑 부러지게 하고 싶은 말 다 하는 동안

온라인 쇼핑이 그렇지, 좋은 게 좋지, 짧게 쓰고 버리면 그만이지……

그랬다, 나는 딴죽 한번 걸지 못하고 부실을 떠안은 채 살았다.

뒤섞인 박스 속에서 제 것을 찾아 관리실을 나가는 여자의 등뒤로 허밍 한 자락이 나부꼈다.

죽다 살아날 때마다 새로 생기는 한 가닥 실낱처럼 희고, 경쾌했다.

— 살고 싶어 죽겠어, 죽겠다고!

새벽에 들은 앰뷸런스 사이렌이 후크송 후렴구처럼 입에
맴돌았다.

* 1953년 대영박물관 출판부에서 간행한 H. H. 피굴라와 W. J. 마
틴의『고대 바빌로니아 시대의 편지와 사업 문서(Letters and Busi-
ness Documents of the Old Babylonian Period)』중「우르 발굴지
제5판(Ur Excavations: Texts V.)」에 수록되어 있다. 점토판이 만들
어진 것은 기원전 1750년경으로 추정되며, 쐐기문자로 기록되었다.
난니라는 고객이 상인 에아나시르에게 구리 주괴의 품질 불량을 항
의하는 내용으로, 현재까지 발굴된 가장 이른 시기의 고객 클레임
기록이다. 이상 나무위키의 내용을 변용함.

경영 철학

분기별로 마을 공터에 천막 몇 동이 들어선다

최종 부도 처리, 폐업 전 마지막 창고 대방출
쫄딱 망했어요
사장님이 완전 미쳤어요

잊을 만하면 새 멸망으로 단장한 리플릿과 죽지도 않는 각
설이패를 데리고 또, 온다

아웃도어 스포츠웨어 신사숙녀복…… 마지막 기회라면서
매번 계절의 패턴이 바뀐다

내가 십 년 전에 이사왔으니 십 년째 망하는 중이다

망하는 일로 성업중이다

사람은 필요한 것만 사지는 않는다 반드시 살고 싶어서 사
는 게 아닌 것처럼

그것이 경영도 철학도 살아남게 했다

날씨야 네가 아무리 추워봐라. 내가 옷 사 입나 세금 내
지.* 블랙유머가 먹히는 이유는 정작 추울 때 싸구려 패딩

이 국가보다 따뜻하다는 디스 같고

  아버님 댁에 보일러 놔드려야겠어요! 경동보일러 광고가
지금껏 회자되는 이유는 한 생을 탈탈 털어먹었다는 패드
립 같기 때문이다

  잘 먹히는 스토리텔링 속엔 자신의 이야기가 들어 있고,
이야기가 파국으로 치달을수록 욕망은 대박친다

  SALE, 그러니까 살래?

  죽일 듯이 저지르고 죽지 못해 사는

  이번 생이야말로, 리미티드에디션 마케팅의 진수인 셈
이다

  어제라고 이월하기에는 피의 핏이 살아 있는 자정 무렵,
오늘을 정산하다가 울면서 졸면서 실수라도 내일의 날씨를
검색한 적 있다면

  오래

  망할, 자격 충분하다

* 유병재, 『블랙코미디─유병재 농담집』(비채, 2017) 중에서.

계승자

생활이 안 되는 사람의 사연을 시청하다가 울었다

진행자도 게스트도 방청객도…… 한바탕 울고 난 후 웃음을 되찾았다

슬픔을 거들자 슬픔이 익숙해졌다

공부 품앗이 육아 품앗이 마사이족의 마누라 품앗이까진 들어봤어도 눈물 품앗이라니

멀리서 보면 푸른 이 별도 안은 암흑천지인데다

눈물도 혼자선 안 되니까

잘 울기 위해 눈물을 빌리고 울고 싶은 사람을 돕기 위해 슬픔을 경작해온 것

집에서 떨어진 인력사무소에서 아버지와 마주칠 때, 우린 짧게 쓰고 버리는 소모품이에요* 민혜씨를 지하 작업장에서 또 만날 때

눈물이 잘 되는 것

받은 품 갚아야 직성이 풀리는 기질들이 다음 계절까지 서로 살게 했으니

눈물을 잇기 위해 없어서는 안 될

우리는, 막중한

인력들

* 민혜(가명)씨는 인터넷 쇼핑몰에서 옷을 검수·포장하는 물류 노동자다. 경력 십 년을 자랑하는 달인이지만 삼 개월 계약직이다. 삼 개월짜리 계약 세 번 뒤에 퇴사하고 십오 일 뒤에 재입사한다. 그래서 퇴직금이 없다. 박수정, 「인터넷 물류노동자 민혜씨 "우린 그냥 짧게 쓰고 버리는 소모품이에요"」, 한겨레, 2021. 12. 4. 참조.

낙타

그가 가는 곳마다 사막이다

그의 이름은 무겁다

그는 찬란한 등을 물려받고도 그걸 부릴 줄 모른다 고작 생활이나 싣기 위해 무릎 꿇고 뻔히 아는 적에게도 등골을 내준다

그가 우는 건 모래가 눈에 들어갔을 때뿐이지만 신과 맞장 뜨려고 모래폭풍 속으로 들어갈 때도 있다

그는 힘든 내색 하지 않으려고 불같이 화낸다 퉤! 공중에 침 뱉을 때 지독한 흔적을 남긴다

그럴 땐 신도 주인처럼 굴지 않는다
그날 입었던 겉옷을 구름 위에 걸어두고
그게 갈기갈기 찢길 때까지
세상에
없는, 척한다

죽을까봐, 죽지 않을까봐…… 겁이 많아서 눈이 크고 텅 빈 그는 종착지라고 믿고 싶은 곳에 무방비하게 몸 펼쳐놓고

죽음보다 깊은, 잠으로 죽음을 잠재우곤 한다

그는 절대 지난밤을 기억하지 않는다

그가 아침마다 눈뜨는 것은

기적도

기행도 아니다

3부

삶을 연기할 땐 살아 있는 척

공들

날아오는 공에 뒤통수를 맞았다

모르고 당한 내 부주의나 부덕의 소치려니 쿨하게 받아 넘겼지만

순진한 거야, 멍청한 거야?

매번 다른 뜻이 있겠지 믿었던 사람이 뒤를 세게 칠 때

되게, 아프고 약올랐다

이후 날아오는 것은 모두 공이 되었다 언제 어디서 시작될지 모르는

앞뒤 없이 발생해, 뜬구름 속으로 사라지거나 골 때리고 달아나거나 수면에 파문만 일으키고는 아님 말고 물거품처럼 꺼지는

공이란 공, 전량 회수할 수도 사람이란 사람, 죄다 죽일 수도 없으니

한 치 앞도 못 보는 시력으로
보이는 게 다가 아닌 것들까지 견뎌야 하는 생이 할 수 있

는 일은
　방문 잠가 바깥을 저지하거나
　자고 일어나면 괜찮다는 위약 같은 말로 아픔을 속이는
것뿐

　골 때리는 그녀들*을 보았다
　런웨이에서 스크린에서 뉴스현장에서 콘서트무대에서……
　스포트라이트를 받던 여자들
　오해와 오염으로부터 지키고 싶은 화면발 아랑곳없이 공
과 맞서고 있었다

　할 수만 있다면 영원히 피하고 싶은 공에, 진심이었다

　진짜 골 때리는 건

　공도 진심에 닿으면 한 번쯤 좋은 쪽으로 날아간다는 사
실이었다

　피할 수 없어 노는 지경이라야 프로의 내공이라면

　나는 아직 아마

　놀아야 할 사람이 너무,

—

남았다

* SBS 예능 프로그램.

—

드라마 폐인

고속버스터미널 기사식당에 들어갔다

엄마와 다섯 살 남짓 딸이 콩나물국밥을 먹고 있었다
딸은 질긴 콩나물을 골라 씹고 엄마는 연신 국물만 떠먹었다

버스가 차고지를 떠날 때마다 모녀 사이가, 팽팽했다

화장실 갔다 올게 여기 있어

엄마가 사라지자 딸은 뒷문 쪽을 노려보았다
잘 먹고 잘 사시길, 엄마가 믿는 신한테 축복과 저주를 한꺼번에 부탁하는 것 같고
엄마를 버린 최초의 미아가 될까, 짜릿한 상상을 하는 것 같고
두고 봐! 혀 밑에 숨겨놓은 밥알들 의미 있게 굴리는 것 같고

나는 열혈 시청자처럼 흥미진진한 맛이 날 때까지 콩나물을 곱씹으며 딸이, 대역전 드라마를 쓸 수 있도록 뒷문을 힘껏 도왔다

아침 드라마를 많이 보셨네, 요즘 저런 거 안 먹혀요

브루스 윌리스가 귀신이다! 스포일러하듯 밥집 여자가 찬
물을 끼얹었었다

　엄마가 돌아왔다, 과연 안 먹혔다

　근데 여기 밥이 맛대가리 없어요?
　왜요?
　깨작깨작 밥알을 세니까
　느린 숟가락질 때문에 종종 듣는 말이에요
　아, 난 또

　또…… 그러니까 언젠가 여기 온 것 같고
　여행이야? 내가 묻고, 여행은 아니라고 엄마가 대답했던
것 같고
　누가 먼저 숟가락 내려놓나, 눈치 게임 한 것 같고
　왜 앞문으로 나왔어, 반전이 없잖아! 엄마를 몰아세웠던
것 같고

　그게 먹히던 때가 있었으니까

　꿈에 엄마가 오면

덕분에 치맛자락 붙들고 늘어지는 심정으로 천천히, 피
맛 날 때까지 이번 생을 썹고 있어 이렇게 된 건 유감스럽지
만 분명히 해두자 나를 놓친 건 엄마야, 맞지? 그러니까 따
라다니지 마, 지겨워 죽겠어!

　떠보고 싶었다

안녕, 하나코 언니

꿈에 언니를 봤거든.

꽃무릇으로 왔지만 한눈에 알아봤어. 여자는 전생에 제가 흘린 눈물의 무게를 빼고 다시 태어나니까 기껏 꽃 한 송이 정도 남았을 거잖아.

못 본 척 고개 돌린 건 한 생이 떠안았던 슬픔의 비중을 알아보지 못하고 사진 찍어대는 엄마와 어린 딸들 앞에서의 자축, 못 보겠더라.

나 때문에 꿈에 불려나온 거잖아. 괜히 아침에 못 볼 걸 봐서는.

마당에 사과나무를 키우는 이웃집 부부가 사과를 솎고 있었거든. 새파란 것들 똑똑 떨어지는데 피가 깨지는 심정이었어.

이게 최선인가요? 예쁘게 봐줄 수도 있잖아요. 뭐가 될지 아무도 모르는 거고, 안 그래요?

그렇게 물으려다 너무 자주 한 질문이어서 할까 말까 망설였거든.

—

아까워도 어쩔 수 없어요. 아름다운 열매가 될 것들은 한 눈에 보이거든요. 믿음이 안 가는 것들은 마땅히…… 불가피하죠.

신도 아니면서 아니, 신이라도 고작 믿음이라는 심증으로 남의 생을 결정하면 안 되니까.

한 생의 슬픔이 반드시 개인적 비극은 아닐 거란 생각이 들더라.

불가피하게 집 나와 미싱 돌리고 식모살이하고 몸 팔았던 언니들의, 있었는데 없는 꿈들과

희생이라는 말에 흐르는 갸륵한 피로 연명한, 오만방자한 풍속들이

무관하지 않을 거라는 확신이 들었어.

아들이 잘돼야 집안이 산다!

고작 집안이나 살리자고 딸들을 제물로 쓰는 아버지보다 그 일련의 의식들과 무관한 듯 줄곧 방관해온 엄마를 참을 수 없어서

언제까지 그렇게 살 거야. 발전이 없잖아, 발전이! 아들이 대수야!

　따지려다 입 다물었어.

　대수다마다. 딸 여덟에 아들 낳고 끙, 소리 한 번 냈다. 평생의 자랑이고 비장의 무기고…… 날 살리러 온 구원자란 말이다!

　확인 사살 당할까봐. 아파서 죽다가 깼는데 피가 흐르지 않아 아픈 부위 찾지 못할 때마다 잠결에 스친 전지가위의 차고 날카로운 감촉.

　사실이야? 언니가 살던 시절 임신부들이 구부라 계곡*의 절벽과 절벽 사이 건너뛰었다며? 거기서 살아남아 여기까지 온 거야, 언니도?

　그게 언제 적 얘긴데 묻는 나도 나고, 대답하겠다고 꿈에 불려온 언니도 언니다. 바뀐 게 없다는 거 알면서.

　죽으면 용서가 돼?

죽긴 왜 죽어. 지긋지긋하게 천천히, 살아서 폭로할 거야! ─

진짜, 신에게.

항렬, 그 찬란하고 유구한 줄기 어디쯤에 뜨겁게 흐르다

끊긴

물소리가 소용돌이치고 있다고.

우리가 태어난 것은 선하고 아름답고 마땅한** 일이라고.

* 일본 요나구니섬의 옛 풍습. 과거 류큐 왕국의 지배하에 있을 때 가
혹한 인두세 때문에 생계가 어려워진 주민들은 인구수를 '조절'하기
위해 마을의 임신부들을 모아 구부라 계곡의 절벽을 건너뛰게 했다.
깎아지른 절벽의 폭은 약 3~4미터, 깊이는 7~8미터에 달했다. 대
부분의 임신부는 뛰다가 떨어져 죽었고, 운좋게 살아남아도 유산하
는 경우가 많았다. 이상 나무위키의 내용을 변용함.
** 구약성경 중「시편」147편 1절의 내용을 변용함.

프로와 아마의, 거리

배우 성동일의 연기는 생활에 가깝다

그는 한 프로그램에서 자신은 돈 받은 만큼만 연기한다고 말했다

삶을 연기할 땐 살아 있는 척, 죽음을 연기할 땐 죽은 척만 하면 된다 관객은 배우가 죽든 살든 관심 없다 지불한 푯값만큼, 자신이 보고 싶은 걸 보여주는 배우에게 열광할 뿐이다

그들이 보고 싶은 것도, 생활이다

그러니까 생을 다 걸겠다는 말은 초보 아니면 오버

나도 연기 좀 해본 사람

시 쓰는 동안 행복하지 않겠습니다 햇빛이 얼씬도 못하는 방에서 일기장에 숨겨둔 단어로만 백지가 시푸른 벽으로 뒤덮일 때까지 끼적대다가 흙냄새 잔뜩 묻히고 온 빗소리 뒤집어쓰고 잠들겠습니다

절실해야 뭔가 있어 보이고 의미심장해야 이목 끌 수 있으니까

되도록 프로페셔널하게

가스검침 누락, 실내 소독 2차 방문, 우체국 등기 미수령…… 현관문에 포스트잇 쌓여가고

살아 있다, 오버! ♪♫♬

밀린 메시지에 기분 남발하면서 오늘을 열연했으나

아마추어처럼 왜 이래? 발연기 그만하고 나와, 밥이나 먹자!

그랬다, 잘하려고 하면 할수록

생활과

나는

거리가 멀었다

이건 너무하잖아

다신 이런 식으로 만나지 말자!

야생동물구조센터 훈련사 K가 재활을 마친 흰꼬리수리를
놓아주면서 말하는 순간

"Cuz you are my girl~ 〔제작지원: 카페베네〕"*

실장인 테리우스와 계약직 캔디를 이으려고
우연을 조작하던 로맨틱코미디 작가가
새드엔딩파와 해피엔딩파, 드라마 폐인들로부터 자유로
워지려고
그만 깨, 이건 낮 꿈이야!

황당하게 결말을 열어둘 때처럼

그래서 끝내자는 것인지
다른 식으로 새로 시작해 평생에 걸쳐
천천히
헤어지자는 것인지

살아 있었네, 아멘!

나를 통해 기적을 보는 지인이 매번 똑같은 기도를 할 때

마다

"Cuz you are my girl~ 〔제작지원: 카페베네〕"

순전히 제 각본대로 취향도 처지도 다른
캐릭터를 창조한 신이
천국파와 지옥파, 이번 생의 폐인들이 반박할 수 없도록
네 뜻이 내 뜻이야!

목숨 가지고 장난칠 때처럼

그래서 잘 죽으라는 뜻인지
어떻게든 살아
오래
지옥보다 무서운 생활을 지속하라는 뜻인지

알다가도
모를
말을 하니까

* 충격적인 결말로 회자되는 MBC 시트콤 〈지붕 뚫고 하이킥〉의 엔딩에 나오는 로고 송. 대체로 결정적인 장면에서 흑백 화면으로 전환한 후 배경음악과 함께 카페베네 광고 배너를 띄운다. 빼도박도못하는 상황을 나타낼 때 패러디로 자주 쓰인다. 이상 나무위키의내용을 변용함.

Dear Ms. Dike

어제의 범죄를 벌하지 않는 것
그것은 내일의 범죄에
용기를 주는 어리석은 짓이다.
—알베르 카뮈

친애하는…… 우리가 인사 주고받을 사이는 아니니 각설하고, 기억할지 모르겠지만 나는 오래전 엄마를 찢고 나온 벌로 이번 생을 치르는 죄인이에요.

누가 누굴 저울질해!

발끈했죠. 제우스 아빠에 테미스 엄마라…… 신(神)수저 물고 태어나 차원이 다른 부모 찬스 쓰면서 산 주제에 신의 뜻이야!

얼씨구, 추임새 넣듯 툭하면 그러니까 나도 뜻 있는 사람 같아서 벌받는 동안에는 행복하지 말자 다짐했죠.

아침마다 꼬박꼬박 눈뜨고, 딱 죽지 않을 만큼 숨 쉬고, 죽은 나무 속이 얼마나 편한지 임종 체험하고, 웰다잉 프로그램 참여하고, 죽은 줄? 한 번씩 쌩한 인사 받으면서 복역 중이었죠.

오늘에 발 없는 심정, 알잖아요. 1800년대 영국 교도소의 트레드밀, 고문 바퀴를 종일 굴리는 형벌 말이에요.

뜻하는 바가 잘 사는 게 아니라 살아서 벌받는 거라면 나름 분발하고 있었거든요.

죽는 게 낫지, 싫게.

낮에 대로변에서 쓰러졌어요. 눈뜨니 하얗게 펼쳐진 벽, 벽들…… 화한 소독약처럼 쏟아지는 빛, 빛들…… 의사가 내 죄를 죄다 꺼내 흰 거즈로 닦으면서 처치, 끝! 그러니까 드디어 죽었구나, 시원섭섭했거든요.

혈색이 돌아왔어요! 간호사가 바닥난 링거 팩을 수습하면서 나보다 더 나를 기뻐하니까 또 살아야 하나, 피가 간질거려 참느라 죽는 줄 알았거든요.

그때 봤죠. 응급실 창 너머 지방법원 외벽에 매달린 여신, 이젠 내 나이가 더 많으니 그대도 한 대 쥐어박고 싶은 자매 같아서 하는 말인데요.

잘 좀 하자!

되게, 어렵고 복잡하게 생활하면서 자신이 죽어가는 걸 지켜봐야 벌이지.

갱생이 너무 쉬우니까. 해를 정면으로 보며 윙크하는 거, 악몽에 한해 꿈꾸는 거, 자꾸 흥미진진하잖아.

봤다니까. 안대 벗고 저울치기나 하면서 얍삽하게 칼자루 휘두르는 펑퍼짐한 여자를.

속고 속이는 건 사람의 일, 그대는 그대 일을 해.

분발하라고, 제발!

수완

모르는 사람이 내게 고개 숙였다

아는 사람에게 찍힌 발등 본 것뿐인데 그걸 인사로 받은
모양이다

이유야 어떻든 기분이 달았다

안녕하세요, 해야지! 형편 좋은 어른을 만나면 뒤통수를
찍어 누르던 엄마의 손바닥이 일찌감치 가르친

인사의 전략

덕분에 일쩍 세상 단맛을 알았지만 꿀 빨던 시절은 뚝딱
사라졌고

내가 한 인사는 번번이 거절당했다 머리가 크고 생각이
많아서

듣기 벅찬 인사들이 빚더미처럼 쌓였다

내 기도 속에 너 있다! 가끔 천사에 빙의되는 지인에게 인
사 받는다 신은 봤고? 말은 그렇게 했지만, 잘 보이도록 빳
빳하게 고개 쳐들고 울었다

죽지 마, 딸! 귀신처럼 오는 엄마에게 인사 받는다 내가 알아서 산다고! 말은 그렇게 했지만, 살고 싶어서 툭하면 엄마를 부르다 깼다

진심이 잘 보이니까 진심 갖고 장난치면 안 되니까

받는 족족 입고 삼키고

살면서,

내 방식대로 부채를 갚는 중이라고 자부했다

인사의 궁극은 받은 만큼 돌려주는 거니까

아이쿠, 몰라 봬서 죄송합니다! 딴짓하면서 인사할 줄도 알고

끝낼까요? 오래 갚을까요? 새끼손가락 달라는 업자에게 손모가지 걸고 인사할 줄도 알고

퉤! 받은 게 너무 커서 돌려줄 방법이 없을 땐 다른 행성의 전략을 빌려 프레멘식으로 인사할 줄도 안다*

육교에서 바닥에 이마 붙이고 인사하는 노인과 맞닥뜨
릴 때 오, 아버지! 한 번씩 이번 생에 빚진 인사를 청산하
기도 한다

　노인의 허리를 찍어 누르는

　뜻이

　큰

　손바닥 못 본 척하면서

* 프레멘은 영화 〈듄〉(드니 빌뇌브, 2021)의 주 배경인 사막 행성
아라키스의 원주민이다. 그들에게는 침을 뱉는 것이 가장 공손한
인사법이다.

다짜고짜 지인

옆집 아기가 나를 보자마자 자지러지게 웃는다 웃으면서,
변명도 하지 않으니 무례하고 무해하다

책임질 것도 아니면서 내가 죽어도 눈 하나 깜짝 않고 살
거면서

집 앞이야 안에 있는 거 알아, 나와!^^

웃으면서, 협박하는 지인처럼 훅 치고 들어오니 무섭고
무량하다

진심일까봐

밥 사면서 신의 뜻이라고 공을 돌리니까 진짜 신이 보낸
사람 같고, 내가 무슨 짓 해도 지인 역할을 완수할 것 같고,
잘 보이는 곳에 흘리고 온 나쁜 것들 못 본 척 잘 지냈어?
물을 것 같고

궁극적으로
또
살아야 할 것 같아서

미필적 고의

왜 죽여요, 다른 사람도 아니고 엄마를

네, 엄마 방에 새 거울을 들였어요 새엄마를 들인 것도 아닌데, 뭐요?

병든 엄마한테 화분을 선물한 건 집요하게 죽어가는 화초에 맹물을 주면서 웃는 엄마가 웃기니까

내가 나이를 빠르게 먹은 건 나를 죽이려고 그런 거라니까요

엄마를 닮았어요 위해를 가한 것도 아닌데, 왜요? 그건 딸들의 소심한 고의일 뿐이에요 엄마가 뭘…… 떠넘겼는지…… 똑똑히 보라고…… 지금 뭐라 그랬어요? 여자가, 뭐요? 아, 여짓거리지 말라고요

자꾸 위축되니까 없던 죄도 생기잖아요

우리 사이 안 좋다고 누가 그래요? 집착하면서 밀어내는 관계는 흔해요 누가 낳으래? 꼭 너 같은 딸 낳아봐! 만담 같은 말놀이 좀 했어요

결혼할까 말까 오십 년 넘도록 궁리중인 건, 내 딸로 태

112

어나려고 꿈속을 들락거리는 엄마를 놀려먹는 재미가 쏠쏠
하니까

　떨긴요, 잠 못 자서 그래요 솔직히 밤중에 거울을 보다 엄
마와 맞닥뜨리면 무섭죠 당연히, 아무리 반가워도 귀신인데

　네네, 평생 곁에 두었어요 죽을 걸 알면서…… 나만 그
래요?

　그러니까 왜 죽여요, 다른 사람도 아니고

미안, 미안…… ^^

모르는 번호로 문자가 날아왔다

장난으로 깨문 풋사과에 박힌 잇자국의 어투로 읽으면

장난으로 보여? 순식간에 누아르가 되는 장르

미안하게 됐고, 미안은 한데…… 웃을 때 잘 좀 하지!

죽일 생각까진 없었다는 변명처럼

등하교 버스에서 몇 번 발등 밟은 상급생 오빠가 뜬금없이 아오리를 쥐여주면서 사과 받을래, 나랑 사귈래! 사과 먹을래, 나랑 같이 죽을래! 유행하는 드라마 대사로 고백을 자백하거나

미안하게 됐습니다! 포토라인에 선 살인 용의자가 전 국민에게 자백을 고백하거나

왜 낳았냐고? 싸구려 같은 운명이나 입혀서 미안한 건 미안한 거고…… 생각할수록 웃기네, 뱃속에 도로 쳐넣고 싶은 건 나거든! 엄마가 딸에게 고백과 자백을 한꺼번에 퍼붓거나

이번 생 통틀어 가장 많이 날아든 사과
좋은 게 좋다고 예쁘게 풀다가
등골이 오싹하고 모골이 송연해지면서 옆구리가 쫙 쪼개
지는
쇠 맛을 볼 때

죽은 적 있거나 한 번쯤, 죽을 것 같은

새빨간 기분

혼자는 못 죽지, 사과폭탄처럼 돌릴까 어느 누구에게도
용서받지 못하게 삭제할까 사과는 사과일 뿐 사과받고 내
일을 무릅쓸까

겨우 하나 남은 목숨 궁리하다가
교회 첨탑 아래
쨍하게
웃고 있는 사람들을 보았다

내가 한 번도 용서해준 적 없는

사과는

— 매번 누가 먼저 받을까

—

불우한 잠

천변 다리 밑에 거지 모녀가 살았어요.

언제부턴가 딸이 보이지 않았죠. 거지같은 엄마가 딸을 잡아먹었다고, 예쁜 뼈로 불 피우는 걸 봤다고, 진눈깨비가 조악하게 덮인 천막 안에 돌무덤이 있다고…… 진짜 같아서 소문이 된 얘기들이 떠돌았어요.

아이들은 다리 근처에 얼씬도 하지 않았지만 나는 자주 갔어요. 나만 모르고 세상이 다 아는 얘기는 다리 밑에만 있으니까요.

발목까지 눈 쌓인 날이었어요. 맨발이네, 거지같은 엄마가 이불로 발을 덮어주었죠. 애착 이불 냄새가 났어요. 예쁘지? 나는 고개를 끄덕였어요. 잡아먹을까봐 무서워서가 아니라 잠이 쏟아졌거든요.

아무데서나 잘 웃네. 예쁘게 놀리는구나, 너! 내 인생을 통째로 적출해놓고, 좋니? 미쳤지, 너 따위를 선물로 생각하다니! 언제나 분홍 리본이 문제야. 그걸로 묶은 상자 속엔 대체로 반짝이는 것들이 들어 있으니까. 도로 처넣고 싶어! 이 애착 이불은 오늘부로 끝이야. 알아서 무럭무럭 크렴.

엄마가 아니, 그 거지같은 엄마가 나를 깨웠어요. 울지

─ 마, 아가. 꿈에서 울면 골이 되게 아파! 그러곤 눈꺼풀을 닫아주었죠.

얼른 죽어서 거지같은 엄마 딸로 태어나고 싶었어요.

눈뜨니 천막 틈새마다 햇빛이 꽂혀 있었어요.

축전처럼.

나는 한 번도 살아본 적 없는 생물처럼 둥둥 떠다니다가 마침내, 천막을 열고 나왔죠. 어제의 세상이 눈 속에 파묻혀 있더군요.

악! 천막이 다 찢어졌어. 못된 년, 당장 꺼져!

거지같은 엄마가 머리채를 당겼어요. 나는 맨발로 다리 밑에서 쫓겨났죠.

알아요, 서로 닮을까봐 흠집 내는 사이도 있다는 것.

그날 엄마도 다른 엄마들처럼 신발 짝짝이로 신고 나를 찾으러 다녔을 거예요. 그렇게 믿으면, 한 번도 버림받은 적 없는 아이처럼 불 끄고 잘 수도 있지만요. 출생의 비밀을 각색하느라 밤이 남아돌아서요.

　주치의님!

　공기놀이라도 하게 약을 크게 부풀려주세요. 신이 아니어
도, 그 정돈 할 수 있잖아요. 기도가 안 먹혀서 그래요. 부
탁드릴게요.

밧줄을 더 많이 만들어야 해*

윌슨! 요즘 부쩍 마음이 입 밖으로 튀어나오고 그런다.

남이야 쓰레기로 국 끓여먹든 말든
오지랖이 태평양이지
지들이 뭔데 잘 알지도 못하면서 다 아는 척하고 지랄이야

동네에 자질구레한 잡동사니를 쌓고 사는 노인이 있거든. 호더인 셈인데 혼잣말도 함께 쌓는 노인 볼 때마다 저렇게 늙진 말아야지, 그랬거든. 그런 걸 하고 있다, 내가.

죽을 때가 됐다고?

어이없네, 죽고 싶다는 말은 누구나 해. 그걸 계속 곱씹어야겠어? 그냥 좀 봐주면 안 돼? 나도 이 염병할 세상에서 평생 벽 따위와 말싸움하다 죽을 생각 없거든.**

내가 가진 것 중 가장 먼저 버릴 걸 고르라면…… 뭐해, 안 꺼지고?

안 돼, 윌슨! 가지 마. 미안해, 미안하다고! 진심 아닌 거 알면서.

지구도 무인도나 다름없어. 각자 제 삶을 표류하잖아. 봐,

사람 속에서 따분해 죽겠다는 얼굴들.

요점이 뭐냐고? 지금 시급한 게 뭐겠어. 배구공이든 곰인형이든 잡동사니든 벽이든…… 너 없으면 안 된다는 뜻이잖아.

시간이 나를 중심으로 돌아가던 시절엔

독립이 재난이 될 줄 몰랐지.

처음부터 다시 사는 법 배워야 한다는 거. 내가 생각보다 하찮고 나약한 존재라는 거, 내가 거절한 격려와 충고들이 내 생존의 원천이었다는 거, 내가 삼켰던 말들이 진짜 해야 할 말이었다는 거.

고맙고 미안하고 사랑……

아무튼, 노인의 집 앞을 지나는데 도란도란 말소리가 들렸어. 그때 봤어. 문짝 없는 문갑 찌그러진 주전자 이 빠진 밥사발 어느 화창한 봄에 멈춘 달력 수년 전 고속버스 표…… 말 잘 들어주는 착한 월슨들.

주민복지센터 담당자 심리상담사 청소용역업체 직원 몇

― 몇 이웃이 다녀갈 때 한 번씩 열리긴 하지만 대체로 굳게 닫혀 있는 집.

나는 종종 대화에 참여하는 기분으로 그 집 앞에 서 있곤 했어. 왜긴? 장마가 길어지면 방이 깊어질 테고, 잘하면 방에서 나올 방법 찾을 수도 있고, 그 집엔 없는 게 없으니까. 뗏목을 만들 생각이거든.

윌슨, 나 지금 되게 벅차!

벽 보고 앉아 있던 날들이 조난이 아니라 나와 마주하는 시간이었다고 생각하니까 앞으로 뭐가 닥치든 잘하는 일을 떠맡은 기분이 들 것 같아.

밥 한번 먹자!

그 말이 진짜인지 지인에게 물어볼 생각이야. 척 놀랜드가 섬에서 살아 나올 수 있었던 이유, 너도 알잖아.***

고마워, 윌슨!

매번 처음 듣는 척 받아줘서. 내일부터는 재밌는 얘기 하자, 우리.

―

그래, 밧줄이 어디 있는지 생각났어.

이제, 됐니?

* 영화 〈캐스트 어웨이〉(로버트 저메키스, 2000)에서 무인도에 떨어진 척이 뗏목을 만들면서 배구공 윌슨에게 건넨 말. 척은 윌슨과 대화하고 싸우고 화해하면서 사 년을 버틴다.
** 같은 영화에서 척이 희망 없는 삶을 끝내기 위해 고목나무에 걸어두었던 밧줄이 생존을 위해 필요해진 순간 말한 대사를 패러디함. "밧줄이 모자라. 알아, 구 미터짜리 밧줄이 어디 있는지는 나도 알아. 하지만 (……) 봤지? 이제 됐어? 계속 그 얘기를 해야겠어? 그냥 잊어주면 안 돼? (……) 이 빌어먹을 무인도에서 평생 배구공 따위랑 친구하며 게살만 빨아먹을 생각 없어."
*** 척이 무인도에서 살아 나올 수 있었던 이유는, 친구 윌슨과 사랑하는 켈리와 배달해야 할 마지막 택배 상자 덕분이었다.

비빔밥

양푼을 보면 숟가락부터 밀어넣고 본다

도라지 콩나물 호박 시금치 버섯 오이 부추 당근……

쓰고 비리고 풋내나는 것들
서로 거들고 부추겨 죽은 입맛 살려내는 협업의 묘미가
좋아서

하나보다는 둘이 둘보다는 넷이 넷보다는 여덟이……

혼자서는 별 볼일 없는 것들
손을 보태고 도와 불모의 땅을 되살리는 품의 풍속이 좋
아서

양푼 속 수저처럼 티격태격하다가도
하나가 얻어맞고 들어오면 우르르 앞장서는 맵짠 손맛이
좋아서

사람과 사람
사이
비집고 들어가 숟가락 섞을 때

여럿의

손을
맞잡은 것 같은 기분이 좋아서

재고 따질 것 없이
비비고
눙치고 본다

리프레시

리프레시가 되는 기분이야

고기 태운 냄새를 묻히고 카페에 들어온 여자들이 커피를
마시면서 그랬어요

그 기분 알아요, 계절이 바뀔 때마다 새로 태어나는 것
같은

지난 계절 손닿지 않는 곳에 박힌 가시는 비교적 잘 스며
들었고 언제 어떻게 생겼는지 알다가 모를 상처도 웬만큼
꽃무늬 흉터로 자리잡았으나

철 지난 패딩에 붙은 타인의 손바닥이랄까 뒤늦게 합류한
테이블 위 침묵에 묻은 침방울이랄까 없던 걸로 하자는 말
끝에 박힌 잇자국이랄까

깨끗하게 끝내지 않은

어제의 뒤끝을 잡고 오늘을 시작하는

쓰디쓴

쇄신의 맛, 그거예요

4부

블랙유머의 대가들

유머

비행하는 새보다 비행을 저지르는 새가 웃긴 건 사실이지

타조가 넘어졌거든 실수로 날까봐, 바람보다 빨리 뛰다가
제 발에 걸려 미끄러졌거든

사람들이 웃더라

나는 거 그만두겠다고 날개 꺾은 타조의 극단적인 유머
가 먹힌 셈이지

퇴화가, 자신의 아름다움과 맞바꾼 엽기적인 웃음코드 같
아서 웃프더라

나는 것도 날개가 없을 때나 꿈이지, 날개를 가진 생들에
게는 일이잖아 일이 재밌을 리 없고

사실 내게 영감을 주고 상처를 치유해준 것도 나는 새는
아니었어

찰리 채플린 고흐 이상 최북……

사람답기보다

나답게,

살아보겠다고 우스꽝스럽게 자신을 망가뜨린 블랙유머의
대가들

이세돌 아들 돌잔치를 줄이면? 이세돌 2세 돌! 아재개그
든, 교수가 코끼리를 냉장고에 넣는 방법은? 대학원생에게
시킨다! 허무개그든, 무지개 같네! 언어유희든, 나만 아니
면 돼! 복불복이든, 슬랩스틱이든, 막장 분장이든, 악마의
편집이든, 왜곡이든

웃으면 안 되는데

웃겨, 죽겠단 말 나올 때까지 농담을 진담처럼 해야지

농담이지?

시인으로 살아보겠다고 법무사 사무장 관두고 만학을 결
정했을 때, 왜 웃었어? 네가 웃으니까 좋더라 나도 웃기는
사람 같아서

친구를 조문하는 친구의 구멍 난 양말을 보고도 웃지 못
하고, 밥줄 검색하다가 제프 월의 엉킨 밧줄 사진 보면서 저

건 너무 굵어서 못 써! 혼잣말을 흘리고, 행복해서 웃니? 웃
으면 행복하다니까 웃는 거지! 그 말 믿다가 미친놈 소리 듣
는 사람들 웃길 수 있을 것 같아서

　재미없어 죽겠다, 사는 거…… 친구야, 그게 그 뜻이었
니? 재밌어, 지금? 자폭개그는 올드해 죽은 애드리브를 무
슨 수로 살려!

　살고 싶은 게 아니라 웃고 싶은 거라면 해볼게

　페이스 프린팅은 어때? 청춘은 연중 블로섬 페스티벌, 웃
음기 많은 청년의 얼굴을 잿빛으로 칠하고 컨베이어벨트에
올려놓으면 소사 소사 맙소사! 식상하지, 당연히

　이십대, 떠올려봐 연상되는 클리셰들…… 신선할 리 없
잖아

　그럼 시는 어때? 예쁘고 말짱한 건 시가 안 된다고 하던
시작법이나 들먹이면서

　급소를 찌르면서

　쓸게, 시!

그러니까 뻔하고 엽기적이어도 한 번씩, 눈물나게 웃어
줄래?

법정에 가요, 쇼핑하러

1

오늘의 죄를 고르기 위해 법정에 가요, 아버지.

백화점 가듯 가볍게.

오늘은 증인이니까 쫄지 않아도 돼요. 오늘만 사는 이들과 어깨 나란히 할 기회가 온 거예요. 설레죠, 당연히. 조목조목 진열된 죄들, 한 번쯤 지르고 싶은 브랜드 제품 같아서요.

나도 갔다 왔어!

뭔가 있어 보이잖아요. 무섭긴요, 거기 가는 사람들은 제 욕망과 싸우느라 타인의 삶엔 관심 없는걸요.

내심 가고 싶었잖아요, 아버지도. 알아요, 돈 없는 사람은 돈만 없는 게 아니니까. 그래서 신상 죄들이 디스플레이된, 그곳을 접수한다는 각오로 꼬박꼬박 적립해온 불운들 내게 물려준 거잖아요.

2

양심에 따라 큽, 숨김과 보탬이 없이 사실 그대로 말하고 만일 거짓말이 있으면 크흡, 위증의 벌을 받기로 맹세합니다.

증인 선서할 때 숨이 간지러워 죽는 줄 알았어요. 웃으면 없어 보이니까 어제의 나를 떠올렸죠. 덕분에 법정 어느 코너를 활보해도 잘 어울리는 사람처럼 멋지게 진술을 마칠 수 있었어요.

피고인은 왜 수의가 잘 어울릴까요. 재판이 끝날 무렵엔 거의 피팅모델 같았다니까요.

피고인, 마지막으로 하고 싶은 말 하세요.

그때 피고인과 눈이 마주쳤어요. 너도 할말 있잖아! 딱 그런 눈빛이었어요.

판사님, 누구에게나 입고 싶은 옷은 있는 법입니다. 옷도 나름 스펙, 일말의 사전 정보 없이 사람을 볼 때 단복이나 정복이 인상적인 인상을 남기는 건 사실이니까요. 얇지도 두껍지도 않은 재질에 튀지 않는 파스텔톤 컬러에 심플한 디자인의 옷이면 충분합니다. 여름에서 겨울로 갑자기 몸을 옮겨도 뼈와 살이 놀라지 않고, 낮에 걸어도 눈에 띌 염려 없거든요. 단추는 하나 둘 정도면 적당해요. 뭔가 각오할 때나 각오를 번복할 때 쉽게 풀고 빠르게 잠가야 하니까요.

아니, 속으로 말했죠. 누가 재벌 3세도 아닌 남의 새끼 말에 관심 갖겠어요.

진짜 하고 싶은 말 없습니까?

판사는 다그치고 피고인은 계속 해보라는 듯 노려보니까 미치겠는 거예요.

너는 젊은 애가 왜 죄수처럼 입고 다니니? 감방 갔다 온 걸 영웅담처럼 떠드는 앞집 아재 때문에 옷이 문신이라도 되는 것처럼 겁대가리 없이 퉤, 침 뱉었는데…… 안 어울린다는 얘기야, 인마! 그러니까 세상에 없어도 된다는 뜻 같고…… 죽여버리고 싶죠, 그게 누구든. 내가 패션 테러리스트라는 걸 그때 알았어요. 거울이 문제예요. 우리집 거울은 다리가 길어 보이거나 얼굴이 갸름해 보이지 않거든요. 근데 이건 정말 궁금해서 여쭤보는 건데요. 판사님 옷은 무슨 브랜드예요? 내돈내산인가요? 아니면 협찬?

그렇게 말할 뻔했다니까요, 진짜.

3

중세의 판사들은 자신을 법이라고 믿었나봐요. 아니면 그렇게까지 화려하게 머리를 장식할 필요는 없었겠죠. 장식, 하니까 생각났어요. 딱 하루 아웃렛 매장에서 일한 적 있거든요. 진열대에 금 버클로 장식된 모자가 있었어요. 시대를 못 따라오는 아버지처럼 식상해서 빤히 쳐다봤죠.

뭘 봐, 내가 누군지 몰라?

누군지 모르는데 초면에 무섭게 다그치니까, 없던 죄도 생기고…… 무릎 꿇었죠. 굴지의 사모님 앞에.

오늘의 관심사는 바로 그 톱해트. 자기 방식대로 하늘을 숭배해온 자들의 증표이자 비즈니스 인맥의 척도죠. 근데 크라운을 높이면 신과 레벨이 같아져요?

아버지!

다짜고짜 노려봤어요. 내가 판사를요. 나도 엄연히 그곳의 잠재적 고객. 왕족의 자식까지는 아니어도 손목을 꾹꾹 누르면 들리는 물소리 어디쯤 신의 피 한 방울 섞여 있을지 모르잖아요. 결국 판사도 내게 완수해야 할 상냥함이 있다는 뜻이니까.

씨발, 여기 분위기 왜 이래!

순간 법정이 소란해졌어요. 거기서조차 저지르지 못하면 어디서 뭘 할 수 있겠어요? 아니, 난 시끄러운 생각만 했죠. 방청석에는 나 말고도 내일의 고객이 여럿 있었거든요.

판사의 융숭한 눈빛, 그때 다짐했어요.

난 VVIP가 될 거야.

정숙하세요, 정숙! 잠시 휴정합니다. 삼십 분 후 재판을 속개하겠습니다.

4

살 거야, 말 거야?

왜 다그치는지 모르겠어요, 다들. 근데 내게 살고 싶다는, 사치의 욕구가 남아 있다는 걸 어떻게 알았을까요?

저질러보죠, 뭐. 그깟 게 뭐라고.

돈도 없고 의지도 없지만 잘만 하면 좋은 곳으로 이끌기도 하니까.

살아 있었구나!

한 번씩 격려나 부탁드려요, 담백하게.

그래야 사람 같아 보기에도 좋고, 아버지도 내심 뿌듯할 거잖아요.

발뻗고 잠들지 않을게요. 꿈에도 행복하지 않을게요.

그러니까 내가 무슨 짓을 해도 눈감아주세요. 잘하는 거, 하나만 하시라고!

Pearl

엄마, 쫌!

군청 후문 쪽 벤치에서 딸은 여자를 몰아붙였다 화장 좀
하고 다니라고, 보는 눈 많다고, 자신의 면도 있지 않냐고,
대충 그런 말이었다

딸이 청사 안으로 들어가고도 한동안 일어서지 않는 여자
옆에 앉아 이런저런 얘기를 나누었다

어릴 때부터 똑 부러지는 애였어요 지 아버지 다방 레지
년하고 놀아날 때 솜사탕 들고 따라다니고선, 모른대 시뻘
겋게 달군 연탄집게 들이대고 족쳐도, 비밀이래 눈도 깜짝
않더라니까! 날 살린 애예요

여자들은 자신만의 메이크업 노하우 하나쯤 가지고 산다

화장 좀 해본 여자라고 자신을 둘러댈 때 파우치 속에서
꺼내는 펄 파우더나

보이는 게 다는 아니라고 타인을 설득할 때 생살을 찢고
꺼내는 천연 진주 같은

딸은, 모를 것이다 자신이 한 생의 얼굴에서 얼마나 발광

하고 있는지

생판 모르는 사람 앞에서
적나라한
민낯 보여줄 때 빛을 발하는 것이야말로

고수의

화장법이라는 것을

솔루션
—오은영 선생님께

이건 친구 얘긴데요 제 친구는 울지 못해요

그래서 아픈 척도 안 해요

어쩌다 꿈에 울다 깬 새벽에는 국어사전을 펼쳐놓고 개치
네쒜, 얄라차, 어뜨무러차…… 재미있는 단어들을 만지면
서 눈물을 따돌려요

친구는 우는 연기 잘하는 배우를 좋아해요 가짜로 따귀 맞
고도, 가짜로 오해받고도 울 수 있다는 게 신기하대요

지상의 모든 언어 중에서 최고의 발언자는 눈물이다. —D. H.
로런스

수첩이 바뀔 때마다 옮겨 적는 글을 본 후, 친구가 울지 못
하는 게 아닐지도 모른다는 생각을 했어요

왜 울지 않니?

오래 참았던 질문을 했죠 그러자 친구는 기다렸다는 듯
대답했어요

이게 다 악마 새끼 때문이야 울면 한 대 더…… 어금니 꽉 물

고…… 나는 악마 새끼다, 복창! 그러더니 따귀를 갈겼어 손바닥이 부적인 줄…… 신들린 담임이 웃겨서 입술 깨무느라 울 타이밍을 놓쳤거든 잘했어! 이게 칭찬받을 일은 아니잖아 때린 손으로 뺨을 쓰다듬을 일은 더욱 아니잖아, 안 그래?

그래요, 꼭 그럴 것 같더라니

친구는 울어야 할 자신을 교실에 두고 온 후부터 눈물을 단속하는 버릇이 생긴 거예요

얼굴을 버리지 않으려고

사랑을 잃고도 재계약에 실패하고도 번번이 웃었던 거예요

친구가 자신을 발언할 수 있게 선생님이 담임 대신 물어 봐주실래요?

애야, 울어서 네 결백을 보여보렴

나는 이름이 없는 사람입니다

세상에 있으면서 없고
나이면서 모두이며
신청인이면서 사건본인입니다.

지성녀(池姓女) 나는 이런 사람입니다.

성녀야!

누가 부르면 사려 깊고 친절하게 돌아본 적도 있습니다.
호적 관련 서류를 보기 전까지.

증조모 박성녀(朴姓女) 조모 김성녀(金姓女)

나는 '지씨 성을 가진 여자'의 현재이자 '박씨 성을 가진
여자'와 '김씨 성을 가진 여자'의 미래인 셈입니다.

미래가 돌림노래도 아니고.

아버지의 저열하고 무성의한 작명 방식에 치를 떨면서 한
편으로는 생활하는 것밖에 모르는 아버지가 나름 이름을 고
심하다가 갑자기, 이 세상 사람의 얼굴로 뒷목 잡으며

하나 더 발생한 입, 무섭게 크는 입…… 아, 남아나는 게 없

겠구나!

　그랬을 거라고 그럴 수 있다고 되도록 좋은 쪽으로 생각
했습니다.

　옛날엔 다 그랬다.
　이름 없으면 무시당해요, 아버지. 이름은 얼굴이고 옷이고
힘이에요.
　너무 많이 가르쳤구나.
　곧 고등학교도 가야 하고, 이름을 가져야……
　딸년이 무슨
　개명 안 해주면 집 나가요, 저.
　나가라. 내 눈에 흙 들어가기 전엔 호적 더럽히는 꼴 못 본다.

　첫 모욕을 뒤집어쓴 후, 이름은 이름을 붙여준 자의 품격이
라고 정의 내렸습니다.

　무식해서 용감한 새끼!

　내가 개집을 걷어차고 몇 번 발을 물리는 동안 아버지는
담쌓는 일에 매진했습니다. 담장 위에 철사와 깨진 술병을
심으면서, 딸과 멀어지면서, 아버지로 자리매김했습니다.

— *꺼져!*

산책길에 개 목줄을 놓은 날, 아버지는 케케묵은 가위로 머리카락을 잘랐습니다. 눈 감고 댕강댕강 목 날아가는 소리를 들으며, 아버지에게 보여줄 얼굴을 가져야지! 다짐했습니다.

수염도 없으면서 면도날은 뭐니?
서랍에 하나쯤 있잖아, 다들.
목이 간당간당한 짚 인형은 어디서 주워오는 거야? 재수없게.
마리오네트거든.
죽이지 마.
누굴?
누구든.
답답한 댕기 머리들. 죽어도, 말이 안 통해.
답답해. 그래봐야 너만 힘들어.

꿈은, 사람도 귀신도 답답하게 만들었습니다. 그게 여자를 여자와도 싸우게 했습니다.

공장에 가라!

아버지의 말이 이상하고 아름다운 주문처럼 들렸습니다.

'아버지 것'이라는, 세상이 구조적으로 용인한 찝찝하고 역겨운 '지씨 성을 가진 여자'를 지옥에서 빼내는 마법의 암호. 열려라, 참깨! 랄까. 니가 가라, 하와이! 랄까. 그런 거, 말입니다.

자유다!

철야 작업을 끝내고 샛별을 볼 때 코피를 틀어막을 때 남들이 안 하는 걸 하고 있다는 벅찬, 역린의 자부심 같은 게 차올랐습니다.

어이, 공순이!

마침내, 돌아보면 대답이 되는 순간이 왔습니다. 내가 나를 끝장낼 수 있는 절호의 기회, 나는 사려 깊고 친절하게 대답했습니다. 마침내, 아버지에게 보여줄 얼굴을 이룬 셈입니다. 집에 오는 일이 쉬웠습니다.

언제부터인가 아버지는 나만 따라다녔습니다. 엄마라고 부르면서.

아는 여자 이름이 그것밖에 없어요!

아무도 안 볼 때 아버지 등짝을 몇 대 때리긴 했지만, 아버지와 나는 어제를 기억하지 않으려고 오늘을 사소하게 만들었습니다.

　　되도록,

　　아버지 눈을 흙으로 꽉 채웠습니다. 비석 세우는 남자가 아버지 이름을 애도했습니다.

　　훗날 저 남자가, 이 여자는 어떻게 사람으로 살았을까. 너 이름이 뭐니? 만연한 질문을 어떤 식으로 받아쳤을까. 탄원서에 재계약서에 국민청원에 동의하는 것도 다 비석 걸고 덤비는 일인데 쯧쯧…… 그러면 어쩌나. 생각하다가

　　나는 나의 현재도 누군가의 미래도 바꾸지 못했다는, 나도 나를 유린했다는, 사실에 직면했습니다.

　　이름을 가져야겠다!

　　이제야 행동하는 것은 아버지가 그토록 지키려 했던 호적에 먹칠하자는 것도 아니고, 나 이름 있는 여자야! 나도 이름값 하고 싶은 여자인가봐! 이름 믿고 까불자는 것도 아닙니다.

조만간 비석 세우는 사람에게 애도받는 이름이 '지씨 성을 가진 여자'가 아니라 '나' 하나로 족하도록, 이 땅에서 사라져야 마땅한 것이 '나'로 끝나도록.

본 신청에 이른 것입니다.

기상 레이더

― *우산 들고 가!*

손아귀에 꽉 차는 말씀 한 자루

덕분에 우발적이고 기습적인 비도 내 앞에선 해프닝으로
끝나곤 했다

오, 촉 좋은데
줄 건 없어도 하나는 해

잦은 결함으로 귀찮고 성가신 짐이 될 때가 많지만 예고
없는 소나기 펀치가 쏟아질 때, 세찬 질문이 몰아칠 때, 더
이상 뾰족한 수가 없을 때

빛 발하는, 뜻밖의 물질

꿈에 비 맞고 깬 새벽, 장독대 앞에서 두 손 싹싹 비비는
엄마를 본 적 있다

왜 물한테 빌어?
정화수야 여기 하늘이 담기니까 신들한테 잘 봐달라고 기도
하는 거야
하느님 봤어?

아니, 만약에 있다면······ 날씨 좀 보여주세요, 부탁하는 거야

그날 내가 본 것은, 파리한 달의 안색과 다급한 개미들의
발소리와 기울 대로 기운 굴뚝 연기와 추락에 가까운 새의
저공비행을 온몸으로 읽으며

내가 나설 세상에 얼마나 많은 악천후가 도사리고 있는
지 관측하는

낡고 고집 센 레이더였다

촉은

우연히 얻어걸린 재치나 센스가 아니라 몸의, 과학이며
하늘이 도왔다는 말처럼 과학으로 설명 안 되는 범우주적
오지랖이었던 셈이다

그러니까 번번이 비껴간 소나기들이 해프닝은 아니었던
것이다

작동을 멈춘 한 생을 폐기한 이후 게릴라성 호우가 빈번
해졌다

—　사람들 속에서 흠쎤 사람을 뒤집어쓰는

뜻밖의,

날이 잦아졌다

—

모자는 많고 죄는 다양해요

죄지은 사람과 죄지을 사람은 모자를 눌러쓰는 버릇이 있
어요

죄를 덮는 덴 모자만한 게 없죠

모자를 쓰고 죽이고 싶은 사람 떠올리면 죽인 거나 다름
없어요

모자는 중독성이 강해요

이걸 죽여, 말아! 모자도 쓰지 않고 그런 말을 하는 사람
겁주는 방법은 모자 눌러쓰고 집을 나오는 거예요 그 맛을
보면 빠져나오기 힘들죠

사람보다 모자가 잘 어울리는 생명체는 없어요 모자가 나
날이 진화하는 이유죠

헌팅캡은 심증만 있고 물증은 없는 혐의에 잘 어울려요 베
레모는 피의 농담을 채색할 때 더없이 좋죠 살인 혐의로 취
조받는 샤론 스톤에게 다리 꼬도록 연출한 감독은 천재가
아닐까 해요 매혹은, 완벽한 알리바이로 장식한 클로슈니까

어려운 걸 쉽게 만드는 덴 절대 모자만한 게 없죠 목적이

분명해서 쓰는 순간 제 힘이 어디까지 미치는지 알고 싶어
지거든요 고개 숙이지 못하는 불편에도 쓰지 못해 안달이죠

다들, 있잖아요?

복수가 꿈인 적……

신체 절단 마술을 봤거든요 피를 아프게 하는 건 초짜나
하는 짓, 금발 어시스턴트의 팔다리가 명쾌하게 분리되면
마술사는 무죄, 그가 검정 모자를 들어 인사할 때 봤어요 미
궁에 빠진 영혼들이 흰 비둘기로 바뀌는 것을

무섭죠, 당연히 뼈를 찌르고도 용의선상에 오르지 않은
사람들과 차를 마시고 있거든요

모자가 하나밖에 없니?

모자에 참 관심들 많아요 남의 죄를 센다고 자신의 죄가
줄어드는 것도 아닌데, 미스터리죠 모은다고 모았는데 결정
적일 때 안 보이고, 챙이 무뎌진 애착 모자 하나 남았거든요
창 없는 방에서 그걸 푹 눌러쓰고 흐흐흑…… 웃을 때 전 인
류를 도륙하고 혼자 살아남은 기분

진짜로 쓸 만한

아무것도 없다고 느낄 땐 그 누구도 믿어선 안 돼요 어이
없게 죽은 사람들 대부분은 살려줄지 모른다고 끝까지 믿
었거든요

신상 모자 검색중이에요 모자 고를 땐 신랄하게, 우발적
으로 저지르는 것만큼 최악은 없으니까

내일은 새빨간 비니를 쓰기 딱 좋은 날씨래요

여러분, 모두 좋은 꿈 꾸세요

제발요!

괄호

내가 울려고 할 때마다 눈앞에 지인이 있으니까 (막, 때렸거나 때릴 생각이라면 모를까 어떻게 매번 내가 울고 싶은 걸 알고 있는지) 다른 건 몰라도 울어도 된다는 뜻으로 알고……

거기까지 생각하다 문득 밀접하면 숨이 졸리고 요원하면 아득해지는

사이에 간혔다

울고 싶은 거잖아, 지금
그만해 진짜 울겠다, 나
그러려고 온 거잖아, 너
작작 좀 하자
내 앞에선 울어도 돼 숨어 울 데도 없다며? 내가 널 위해 기도하는 거, 몰라? 지친다, 정말! (지겨워 내가 다 들어준다잖아 이웃의 슬픔 외면하면 안 되니까 걱정 마 앞으로도 네 주변에 있을 거야 계속, 확인하면서 왜긴? 신의 뜻이지 오해는 말고 들어 솔직히 그렇게 성의 없이 징징대면 세상 없는 신이라도 지쳐!)

말해진 말과 말해질 말

유연하고 유감스러운

사이

그 속에서 일각일각 바뀌는 숨의 양상, 짜릿한 스릴 만끽하는

사이

고립이 나른해졌다

좋은 인상

웃음 강사

자, 웃어볼까요. 하. 하. 하.

웃자는 게 협박도 아니고 얼굴이 그게 뭐예요? 누가 보면 제가 사채업자인 줄? 그냥 웃자고 하는 농담입니다. 하하하……

웃으면 우습게 보인다고 누가 그래요?

그건 번번이 웃음에 실패한 사람들이 풍자개그 같은 걸 보다가 푸하하…… 나도 웃을 줄 아네, 뒤늦게 찾은 웃음코드에 힘입어 LED 촛불 얼굴에 대고, 웃을 때 잘 좀 합시다! 좋게 말하니까 그게 무슨 힘이 있냐고 픽픽, 불어 끄려다 우습게 된 꼴통들의 헛소리죠.

그래도 안 되면 이건 어때요? 죽상을 만드는 거. 어차피 웃으려면 얼굴 구겨야 하니까. 그건 쉽잖아요. 웃음은 한번 구겨진 자리에 잘 붙어요. 어제의 나를 떠올리세요. 내가 보인다, 보인다…… 지금! 힘껏 구기면서 하. 하. 하. 봐요, 된다니까요.

왜 웃음 강사가 됐냐고요?

얼굴 좀 펴! 그 말이 지금껏 저를 울게 했거든요. 얼굴 펴고 할 수 있는 게 숨죽여 우는 것밖에 없어서요.

그게 다예요. 저도 구기는 일엔 일가견 있는 사람입니다. 하하하……

미소 천사

네네, 내가 그 미소 천사예요. 미소라면 나를 따라올 자가 없죠. 스튜디어, 그 왜 하늘을 막 나는…… 네네, 맞아요. 스튜어디스 뺨치는 미소 가지고 있죠. 나도 웃길 줄 안다고 그랬잖아요. 나처럼 해봐요. 스마일!

이게 어렵습니까? 답답해서 그래요. 그래서 웃기는 사람 되겠다는 거잖아요, 내가.

웃으면 인상이 좋아져요. 웃는 얼굴에 침 못 뱉죠. 생각해봐요. 머리에 꽃 달고 웃는 사람 건드려봐야 비밖에 더 내립니까. 호호호.

먹힌다고 그랬죠. 최선을 다해 웃겨보겠습니다. 브리핑을

— 시작하죠. 눈앞에 불이 핑, 도네요. 풉!

사람이 웃을 때 움직이는 얼굴 근육 중 하나는 큰광대근 괄호 열고 대협골근 괄호 닫고, 인데 이건 광대뼈에서 입술 끝으로 이어져 있고, 다른 하나는 눈둘레근 괄호 열고 안륜근 괄호 닫고, 인데 이건 눈 주위를 둘러싸고 있습니다. 이 근육들을 수족, 네? 아, 잘못 읽었네요. 호호. 수축시키면 웃는 표정이 됩니다. 눈둘레근은 눈과 입이 함께 웃을 때 수축하는데, 뒤셴 미소라고 합니다. 반면 큰광대근은 입꼬리만 당겨도 수축하는데, 팬암 미소라고 합니다. 팬암은 미국의 팬 아메리칸 월드 항공 괄호 열고 영어 괄호 닫고, 을 줄여서 부르는 말입니다. 바로 승무원의 미소죠.

뭐요, 내가 눈과 입을 한꺼번에 구겼단 말입니까? 고객은 고객일 뿐 마음 주지 말자! 이게 내 비즈니스 철칙이에요. 나 하나도 벅차 죽겠는데…… 이런 말이나 듣자고 미소 천사가 된 줄 아세요?

내 롤 모델은 바비예요, 눈과 입이 동시에 웃는 바비인형 본 적 있습니까. 정 못 믿겠으면 진열장을 보세요. 한밤중에 달의 티아라를 쓰고 거울 속 제 얼굴에 뻑 가도록 끌어올린 입꼬리, 얼마나 아름답게요.

눈과 입으로 웃었다는 건 모함입니다. 네네, 보톡스 시술 받았어요. 팬암 미소를 보톡스 미소라고 부르는 거 몰라요? 그러니까 분위기 파악 못하고 픽픽, 새는 소소한 부작용 그 정돈 봐줄 수 있잖아요.

주구장창 미소 짓는 건 쉬운 줄 압니까. 캄캄한 밀실에 갇힌 와중에도 웃음 잃지 않는 바비의 프로페셔널함, 진정한 미소 천사란 말입니다.

웃음 왕국에서 살고 싶다면 얼굴만 가지고 오세요. 안에서 무슨 일 벌어져도 속았다는 기분 들지 않게, 웃겨는 드릴게. 됐죠? 시마이!

세 시간짜리 시인

〈나도 시인이 될 수 있다〉 강의를 들으러 온 여러분 반갑습니다. 저는 시인인 듯 시인 아닌, 세 시간짜리 시인입니다. 속성 시인이 되려면 세 시간짜리 선생만한 게 없지요. 크흡.

저도 나름 노력했습니다. 시인으로 살아보겠다고 시 창작 교본 꽤나 읽었지요. 결론은 결핍으로 시를 써야 인상 깊은

— 시인이 된다는 것.

　다들 그을린 종이처럼 불길한 인상을 가지고 있더라고요.
백석도 김수영도 천상병도 이상도…… 흑백사진이어서 그
렇다고요? 그 생각을 못했네요.

　아무튼 실패를 달고 살았죠. 결핍이 남아돌아서 시 좀 써
보려고 문이란 문, 사람이란 사람 다 닫아걸고 지인도 없으
면서 있는 척, 맞지도 않았는데 아픈 척, 잠들지도 못하면서
험한 꿈을 꾼 척…… 뼈에 든 멍이나 세다가 불현듯

　그게 사람 꼴이니?

　그 말을 언제 누구한테 들었는지 기억해내기 위해 많은 문
장을 소모했지요.

　걱정 마세요. 쉬운 방법도 있어요. 공모전에서 상 한 번 타
고 문학 모임에 들어가 회비 꼬박꼬박 내고 정기적으로 남
의 시 험담하는 뜻깊은 시간을 갖고 뒤풀이 자리에 합류해
요즘 것들 시에는 서정이 없어, 서정이! 맞장구 좀 치고 종
종 시화전에 이름 올리면 자신을 시인이라고 소개하는 게
쉬워져요.

—

시인이 되고 싶다면서요? 일주일에 세 시간, 육 개월 만에 시인이 되려면……

시 잘 쓰는 법이요? 그런 법이 어디 있어요? 모르겠고, 주워들은 팁 하나 드릴게요.

그게 사람 꼴이니?

이 말을 들었다고 칩시다. 쓰세요, 그냥. 나머지는 독자가 알아서 해요. 어떤 독자는 반격하고 어떤 독자는 반성해요.

제가 왜 망했는지 아세요? 걱정이 많아서요.

연예인과 독자님 걱정은 하는 거 아닙니다. 다들 나보다 잘살고 잘났으니까.

시집이요? 한 번도 안 갔어요. 큭, 뭐예요? 좀 웃어주시지, 무안하게.

아무튼 지금까지는 시집 낸 적 없습니다. 가끔 이런 생각해요. 시집 한 권 값으로 식사를 대접한다면, 메인 디시 하나에 사이드 메뉴 서너 개는 차려줘야 먹을 게 있잖아요. 근데 그 밥에 그 나물, 그래서 내내 레시피만 궁리중이에요.

— 네네, 핑계 맞아요.

  여러분, 안재욱의 결혼식에 안 간 조세호가 뭐라고 그랬
는지 알아요? 알아야 가죠! 그래요, 출판사에서 시집 내자
는 말을 안 하는데 어떻게 시집을 내요. 큽.

  매년 시집 내는 시인의 시도, 종이를 구겨 던질 때마다 자
신의 글이 좋아진다고 믿는 습작생의 시도 읽기에 따라 인
상 깊습니다.

  시니어를 대상으로 한 문학 프로그램에 참여하신 여러분
은 이미 충분합니다. 재미나 맛을 더하자고 양념 치지 않아
도 맵짠 얼굴을 가졌거든요.

  내 시가 곧 죽을 사람의 마지막 한끼라는 마음만 가지고
있으면, 시인입니다.

  시작하세요.

  참 쉽죠?

플라시보 1

강의료를 한꺼번에 출금한 날 시급(時給)으로 되는 것과
안 되는 것, 되는 것 중에 시급(時急)한 것, 조목조목 따져
나열하다가

번뜩

더이상 미루면 안 되는 생필품을 생각해낼 때 생활하는
기분

플라시보 2

날고 있다, 날고 있다……

수리부엉이에게 덜미 잡힌 땃쥐가, 지상에 없는 바람을 우물우물 삼켰다

좋은 바람에 힘입어
높게
한참을 더 날았다

말은 안 되지만 동물의 왕국*에선 흔한 일

좋은 쪽으로 생각해!

허약한 스펙으로 처참하게 깨지고 돌아와 질질 짤 때마다 입에 발린 위로 몇 개 물려주곤 가만히 방문을 닫아주던 식구들

약 올리나 싶다가도

실패도 이력이라는, 시련이 아니라 시연이라는, 자고 일어나면 괜찮아진다는 위약 같은 말을 녹이다보면 어느새 아침이 오고

이번에는 살았어
진짜?
오, 웬일

자잘한 소란에 문 열면 다닥다닥 붙어 앉아, 깨진 박새를
성원하는 이웃들

말은 안 되지만 시간이 약이라는 감언으로 무섭고 지독한
판정들에 대한 내성을 갖게 되었으니

약발이란
반드시
성분에 국한된 건 아닌 것이다

* KBS 교양 프로그램.

165

희망이 비껴갔다

다 같이 죽으면 덜 외롭겠다!

소행성 1997BQ가 지구 궤도로 접근하고 있다는 기사를 읽다가 중얼거렸다

다 같이 죽을 수는 없잖아!

누군가는 책임져야 할 실패를 떠안고 잘려나간 꼬리들을 생각했다

누구에게나 한 번뿐인 생

의롭고 마땅한
희생도
더이상은 안 되니까

정면 충돌이 불가피할 땐 너 죽고 나 죽자, 식의 코미디가 먹혔던 것

힘을 내요 슈퍼 파워!

힘내면 안 되는 문장을 쓰는데 휴대폰 컬러링이 놀리면, 싹 다 죽었으면 좋겠고

기도도 재밌게 하면 외계에서 먹히는 개그가 될지 모르니까, 그까이 꺼 그냥 뭐 대충

힘을 내요 1997BQ!

손이 발이 되도록
기도하는
사이
유성 하나가 창문을 살짝 비껴갔다

턱

거기, 있는 걸 뻔히 알고도

긴 민원 끝에 제거된 후에는 없는 걸 알면서도

골목이 길의 소임을 다하고 아파트 주차장이 된 지금도 여전히 같은 자리에서 발을 헛디딘다

아프게 넘어뜨린 턱일수록
기억 속에 더 오래
깊게
박혀 있다

지금껏, 낡은 책 형광색 문장처럼 눈에 밟히는

이십대

그 무렵 화염병처럼 날아다니는 새들과 전봇대마다 붙어 있는 장기 매매 스티커와 쓸어모으면 양말 한 짝에 담기는 반지하방의 햇볕과 치우고 치워도 구석에서 발견되는 유리 파편들

실수처럼 툭툭 털고

살아도,

자고 일어나면 도무지 출처를 모르겠는 통증들

차일 만큼 차여 제법 숭굴숭굴해졌으나
입체적이고 독보적이었던
턱의, 양상들
귀에 박힌 노랫말이며 타는 노을이며 찢기는 빗소리 같
은 것에도
몸을 놓친다

사람이 사람을 다하고 평평해진 후에도

일어나지 못해 미안합니다*

쨍하게, 비석에 박혀
좀더
아플 것이다

* Pardon me for not getting up. 어니스트 헤밍웨이의 묘비명.

위너

사람으로만 살아요

외모 능력 재력 운…… 그건 사람이라는 사실에 약간의 입체감을 주기 위해 연출한 포인트 필 같은 거예요

반짝, 떴다 소멸하죠

강렬하고 화려하고 쨍한 것들 다 떼고 나면 비로소 시작되는 적나라한

사람, 그러고도 살아 있으면 이기는 거예요

천하의 왕세자비였던 사람이 비행기 화물칸에서 내렸다는 거, 알아요? 예우도 자비도 없죠 죽으면 한낱 수하물일 뿐이에요

루저면 어떻고 잉여면 어때요

얼어붙지 않으려고 멍을 옮겨 달고, 좀더 유연해지려고 구겨지는 거예요

차라리 새벽 첫 버스를 타요 출근이면 어떻고 퇴근이면 어때요

아주 잠들지 않게 열하나 열둘 열셋…… 가로등 폭죽을
터뜨리면서

자축하면서

살기만 해요, 우리

커튼 있는 집으로 오세요

송현지(문학평론가)

커튼 없는 집

마거릿 미첼의 소설『바람과 함께 사라지다』의 주인공 스칼렛 오하라는 죽은 어머니가 남긴 커튼을 응접실 창문에서 걷어 드레스를 만든다. 몰락한 집안의 대농장 타라를 지키려면 세금을 낼 돈이 필요했고, 전쟁에서 큰 돈을 번 레트 버틀러를 만나 돈을 빌리기 위해서는 새 외출복이 필요하다고 그녀는 판단했다. 이후 이어지는 여러 비극 속에서도 끝까지 생의 의지를 놓지 않는 스칼렛(비록 레트의 청혼을 받아 돈 걱정 없는 삶을 살려던 계획은 무산되지만, 그 여정에서 만난 다른 남성과 결혼하며 결국 농장을 지키는 데 성공한다)의 모습은 젊고 아름다우며 강인한 여성의 표본으로 지금까지 회자되고 있다. 그런데 나는 늘 궁금했다. 만약 스칼렛에게 커튼이 없었더라면 어떻게 되었을까. 아니, 그가 젊고 아름다운 여성이 아니었다면 어떻게 삶을 헤쳐나갔을까.

서귀옥의 첫 시집『우주를 따돌릴 것처럼 혼잣말』을 읽으며 다시 이 질문을 떠올린 것은 생존의 위협에 시달린다는 점에서는 스칼렛과 다르지 않지만, 그녀와 달리 커튼 없는 집에서 태어난 이들, 그리고 그곳에서 아름답다고 말하기는 어려운 젊은 시절을 보내다 이제는 "퇴거 명령"과 "병명 선고"(「貴玉」)를 받은 이들의 삶을 이 시집이 주목하고 있기 때문이다.

커튼 있는 방에서 살기!

만나는 사람마다 꿈을 닦달하던 시절, 나는 대답했고 그 대답이 맘에 들었다

커튼을 펼치면

청춘의 서막이 열릴 것 같고 무엇보다 꿈이 쉬워 보였다

스칼렛 오하라는 레트 버틀러를 만나러 갈 때 초록색 커튼으로 만든 드레스를 입었다 페이퍼 돌 패션이라는데 그건 모르겠고…… 가문이 몰락해가는 동안에도 묵묵히 창문을 지켜온 커튼으로 마음만 먹으면 충분히 밧줄을 만들 수도 있었다

그런데 드레스라니, 충격이 신선했다.

인상 좀 펴! 라는 말이 커튼 좀 펼쳐! 로 들리기 시작한 것도 그 무렵이었다

레이스 커튼 시폰 커튼 에어 커튼 로만셰이드……

지하방에서 구할 수 없는 단어들 꿈에서 빌려다 잠꼬대

할 때마다

　꿈 깨! 식상하게 판 깨는 자명종

　기껏 깨어나서 하는 일이란 밤새 깨진 포스트잇을 쓸
어 담는 것

　꿈은 크고 뭔가 있어 보여야 한다는 걸 몰라서 바람 부
는 쪽만 쳐다보다 바람과 함께 싸악,

　이십대가 날아갔다

　　　　　　　　　　　　　　—「바람과 함께」 부분

　『바람과 함께 사라지다』에서 고급 벨벳 소재의 커튼이 지
난 시절의 부를 상징한다면 앞 시에서 '나'가 살고 있는 '커
튼 없는 집'은 가난한 가족을 표상한다. 이번 시집에서 시
인은 아버지가 집을 날리고 "토기보다 쉽게 부서지는 생활
을"(「집이 날아갔다는 말을 들었다」) 해야 했던 '나'의 삶
을 여러 시편에 걸쳐 거듭 보여준다. '나'는 "크고 뭔가 있
어 보"이는 꿈은커녕 "커튼 있는 방에서" 살고 싶다는 소박
한 꿈에서조차도 깨어날 것을 강요받는 생을 살아간다. 꿈
꾸는 일은 잠을 잘 때에만 가능하고, 현실에서는 "바람 부
는 쪽만"을 생각해야 하는 삶. 그런 삶은 젊음을 누릴 새도

없이 잔인하게 앗아가버린다는 사실을 시인은 서늘하게 보여준다.

커튼은 집을 장식하거나 한집에 오래 머무르는 것이 가능한 경제적 여유를 상징하는 데 그치지 않는다. 그 본래의 기능이 바깥의 햇볕과 추위를 막아주는 것이란 점에서 서귀옥의 인물들이 살고 있는 '커튼 없는 집'은 부모의 보호가 부재하는 상황을 가리킨다. 가령, "딸들을 제물로" 삼아 집안을 일으키려는 아버지와 그것을 "줄곧 방관"하는 어머니(「안녕, 하나코 언니」), "다방 레지년하고 놀아"나는 아버지와 남편의 불륜 사실을 딸에게 추궁하는 어머니(「Pearl」), "미래"에 대한 자녀의 꿈을 짓밟으며 "다 같이 죽"으려고 호숫가로 자녀를 유인하는 아버지(「미래는, 내가 이름 붙여준 나의 골든레트리버」)처럼 보호자 역할을 해야 할 부모가 오히려 가해자로 존재하는 집이 그러하다.

한번 발생한 가난이 높은 확률로 생의 끝까지 따라붙듯, 학대와 방임의 기억 또한 그 집을 벗어난 후에도 꼬리표처럼 따라다니는 것일까. 서귀옥의 인물들은 누군가에게 배신을 당해도, 이유 없이 직장에서 해고되어도, 그로 인해 생활을 꾸려나가는 데 실패해도 발끈하지 않는다. 보호받아본 경험의 부재로 인해 결국 스스로를 보호하는 방법을 배우지 못한 양. 누군가가 자신을 마음대로 넘나들며 모욕해도 찍소리도 내지 못하고 점차 납작해지다 "꼬리만 남"(「모욕」)기고 죽은 쥐처럼. 때로는 그 꼬리마저 모욕당하는("꼬리가 더럽게 길어요 문 닫으라고!", 같은 글) 잔혹한 현실 앞에서 나는 다시 한번 물을 수밖에 없다. 커튼 없는 집에서 살아가는 이들은 무엇으로 삶을 지탱할 수 있는가. 무엇이 그들을 그럼에도 살아가게 만드는 것인가. 이는 그들이 상상의 커튼으로 무엇을 만드는가를 묻는 일이기도 하다.

드레스

다시 한번 스칼렛의 드레스를 떠올리는 일이 도움이 될 수 있겠다. 왜 그 드레스는 초록색이어야 했을까. 초록은 스칼렛이 꿈꾸었던 희망적인 미래를 환기하는 것일까. 소설에서 마거릿 미첼이 드레스를 여러 번 이끼에 빗대며 종국에는 '이끼색 초록 드레스(her new dress of moss green)'라고 그것을 명명한다는 점을 눈여겨보자. 이 작품을 원작으로 한 동명의 영화에서 스칼렛 오하라 역을 맡은 비비안 리가 그 드레스를 입고 등장한 아름다운 모습에 감탄하느라 관객들마저 잊은 그것의 본래 기능을 저 표현은 상기시킨다. 강한 생명력으로 바위의 표면을 덮어버리는 이끼와 마찬가지로 그 드레스가 궁핍해진 그녀의 처지를 은폐한다는 점 말이다. 그러니까 그것은 고된 농장 일에 직접 뛰어든 그녀의 변화된 생활과 이제는 사랑이 아닌 돈을 좇아야 하는 그녀의 절박한 사정을 감춘다. 그런 점에서 그녀의 드레스는 위장이다. 위장하는 일이야말로 스칼렛이 삶을 이어나갈 수 있는 방도였던 셈이다.

상상의 커튼을 가지고 살아가는 서귀옥의 인물들에게도 위장은 생존의 방편으로 보인다. 가령 그들은, 그들이 "괜찮은지 아직, 살 만한지 슬쩍슬쩍 들여다본 마음들"로부터 자신을 지키기 위해 짐짓 "딱딱한 말투 뒤에 숨어"(「내상」)보고, 누군가의 도움을 거절하면 다시는 자신을 "견디지 않을까봐" "엄살도 부"리고 "슬쩍 심려를 끼"(「따뜻하고 무겁게」)치기도 하며, 어떤 말들을 아무렇지 않은 것처럼 견디는 법을 배운다. 한편, 어떤 위장은 타인의 강요에 의해 행해진다. 예컨대 "울면 한 대 더" 때린다고 협박하는 담임 때문에 아파도 울지 못하고 오히려 웃는 이들, 심지어 이러한 이야기마저 "친구"(「솔루션—오은영 선생님께」)의 일이라고 위장해야 하는 이들이 그의 시집에는 있다. 사실상 죽은 상태와 마찬가지인 그들이 살아 있는 것 자체가 일종의 위장인 셈일까.

때로 그들은 간절히 살고 싶은 마음을 죽음을 시도하는 방식으로 표현한다.

한 번씩, 앰뷸런스가 우리 동 앞에서 비명을 지르다 가곤 한다.

택배 받으러 관리실에 내려갔다가 손목에 흰 붕대를 감

은 여자를 보았다.

죽다 살아날 때마다 다잡아보는 심장한 결심처럼 친친, 완강했다.

언박싱의 설렘만 남기고 물건은 돌려보내겠다는 단호함이 엿보였다.

사랑합니다, 고객님. 1004 고객센터입니다. 불편을 드려 죄송합니다만 고객님은 이미 블랙컨슈머 리스트에 올랐습니다.

사랑은 됐고요, 언니! 언니도 언니라고 부르면 열받죠? 저도 그래요. 도대체 한국인 소비자라고 몇 번을 말해요? 나는 피해자이고 이건 정당한 클레임이에요. 객관적 하자와 결함이 명백한 물건에 대한 소비자의 권리를 주장하는 거지, 단순 변심이나 악의적 심보로 이목이나 끌자는 게 아니에요.

(……)

어이없네. 황당한 사람은 나죠. 사진과 실물의 갭이 이렇게 클 줄은 상상도 못했으니까.

(······)

외형을 말하는 게 아니잖아요. 박스 여는 순간 사용설명서에 없고 원한 적 없는 불행이 딸려나왔어요. 그 험한 게 나올 줄 알았다면 구매하지 않았을 거란 말입니다.

(······)

고객님이 주문한 생입니다. 피팅모델의 옷처럼 딱 들어맞을 순 없지요.

(······)

악덕 상인 에아나시르에게 클레임의 이유를 조목조목 지적했던 난니처럼 시대 불문 소비 주체로서 똑 부러지게 하고 싶은 말 다 하는 동안

온라인 쇼핑이 그렇지, 좋은 게 좋지, 짧게 쓰고 버리면 그만이지······

그랬다, 나는 딴죽 한번 걸지 못하고 부실을 떠안은 채 살았다.

(……)

살고 싶어 죽겠어, 죽겠다고!

새벽에 들은 앰뷸런스 사이렌이 후크송 후렴구처럼 입
에 맴돌았다.

　　　　　　　　　　　　　　　　—「클레임」 부분

택배를 받으러 관리실에 간 '나'는 "손목에 흰 붕대를 감은
여자를 보"고 아파트 동 앞에 왔던 앰뷸런스 소리를 떠올린
다. 택배가 상상을 촉발한 것일까. '나'는 제 손목을 여러 번
그었는지도 모를 그녀가, 주문한 생이 마음에 들지 않아 그
것을 "언박싱"만 하고 반품하는 상황에 빗대어 본다. 그 상
상은 자연스레 고객센터에 전화를 걸어 반품을 접수하는 장
면으로 이어진다. "이미 블랙컨슈머 리스트에 올"라 있을
만큼 여러 번 자신의 생을 반품하려 했던 그녀는 자신의 생
이 "원한 적 없는 불행이 딸려나"온, "객관적 하자와 결함
이 명백한 물건"이라며 이것은 "정당한 클레임"이라고 주
장한다. 이러한 상상은 삶의 "소비 주체로서 똑 부러지게"
클레임을 하는 그녀와 자신의 생에 "딴죽 한번 걸지 못하고
부실을 떠안은 채" 살아가는 화자 자신을 구분 짓게 한다.
그러나 살고 싶다는 누군가의 외침 같은 "앰뷸런스 사이렌

이"'나'의 "입에 맴돌"고 있는 마지막 장면은 사실상 그들이 서로 다른 방식으로 '살고 싶다'는 속마음을 감추고 살아가고 있음을 짐작하게 한다.

특기할 것은 "살고 싶어 죽겠어, 죽겠다고!"라는 그들의 내적 외침을 문장으로 옮기며 시인이 독특한 자리에 쉼표를 찍는다는 점이다. 이는 발화자의 호흡과 관련되기도 하지만, 그보다는 쉼표의 구분으로 '죽겠다'는 발화자의 의지를 강조하기 위한 것이다. 이 문장만으로 단정하기 어렵다면 「지인들」에서 누군가 종이에 써서 벽에 붙여놓은 "살고 싶어, 죽겠다!"라는 문장을 함께 살펴보자. 특히 후자의 문장에서 쉼표는 살고 싶다는 진심과 죽겠다는 행위를 명확히 구분함으로써 서귀옥의 쉼표가 가진 특별한 기능을, 그러니까 그것이 위장의 구조를 드러낸다는 점을 선명히 보여준다. 이번 시집에서 유독 자주 발견되는 쉼표는 이처럼 엉뚱한 자리에 놓이는 경우, 감추어진 것들을 꺼내어놓는 역할을 수행한다.

이는 '시인의 말'에서도 예외가 아니다. 이를테면 "죽어라,// 여기까지 왔다"는 시인의 고백은 언뜻 그의 지난 여정을 나타내는 듯하지만, 실은 쉼표로 인해 '죽어라'라는 명령이 분리됨으로써 그간 그에게 은밀히 가해졌던 죽음의 명령들, 그러니까 그를 죽음으로 몰아넣던 지난날이 드러나는 식이다. 어쩌면 죽어라고 뛰어야 살 수 있는 우리의 삶 저변에 언제나 이 은폐된 명령이 작동하고 있는 것인지 모른다.

사실 내게 영감을 주고 상처를 치유해준 것도 나는 새
는 아니었어

찰리 채플린 고흐 이상 최북……

사람답기보다

나답게,

살아보겠다고 우스꽝스럽게 자신을 망가뜨린 블랙유머
의 대가들

이세돌 아들 돌잔치를 줄이면? 이세돌 2세 돌! 아재개
그든, 교수가 코끼리를 냉장고에 넣는 방법은? 대학원생
에게 시킨다! 허무개그든, 무지개 같네! 언어유희든, 나
만 아니면 돼! 복불복이든, 슬랩스틱이든, 막장 분장이든,
악마의 편집이든, 왜곡이든

웃으면 안 되는데

웃겨, 죽겠단 말 나올 때까지 농담을 진담처럼 해야지

농담이지?

　　　　　　　—「유머」 부분(밑줄은 인용자)

　앞 시는 쉼표가 그러한 역할을 맡는 또다른 예이다. 시인은 "찰리 채플린 고흐 이상 최북"을 "나답게,// 살아보겠다고" "자신을 망가뜨린 블랙유머의 대가들"이라 칭하는 가운데 분연만으로는 부족하다는 듯 다시 한번 쉼표를 찍는다. 이는 아마도 "나답게" 사는 일이 그들에게는 생존을 좌우하는 절박한 문제라는 사실을 드러내기 위해서일 것이다. 이것은 '나'에게도 마찬가지다. "웃겨, 죽겠단 말" 속 쉼표가 표지하듯, 수시로 죽음이 침범하는 그의 생은 겉으로는 웃겨 보이는 선택이 사실은 죽을 각오로 행해지는 일임을 추정하게 한다.

　이와 같은 실로 무거운 진실을 시인이 줄곧 유머를 버무려 말한다는 점에 서귀옥 시의 특별함이 있다. 이번 시집에 수록된 일일이 거론할 수 없을 정도로 많은 작품에서 시인은 TV 프로그램, 광고, 영화, 대중가요, 유행어, 그리고 유명인의 이름을 곳곳에 배치하는가 하면 '밥줄'과 '밧줄'(「유머」), '사다'와 '살다'(「경영 철학」) 등 유사한 발음의 단어로 말놀이를 하며 표면적인 경쾌함을 장착한다. 그러므로 이 시집에서 위장을 하는 것은 화자들만이 아니다. 시인 역시 위장한다. 그렇다면 왜 이런 위장이 필요한 것일까.

　고리타분하게 여겨질 수 있는 누군가의 생존기를 2020년

대식 최신판으로 만들어 독자의 지루함을 줄이고 공감의 저변을 확대하기 위해서라고 말해볼까. 그럴 수도 있겠지만 한번 더 『바람과 함께 사라지다』의 도움을 받아보는 것이 좋겠다. 레트는 초록색 드레스의 매끈함과 대비되는 스칼렛의 거칠고 물집 잡힌 손을 보고 그녀가 궁핍한 사정에 처했다는 사실을 알게 된다. 이와 마찬가지로 서귀옥 시의 겉으로 보이는 경쾌함은 시 속 인물들의 비참을 부각시키는 장치가 아닐까. 다시 말하자면 위장의 목적이 그들 삶의 비극을 감추는 데 있는 것이 아니라 그 감춤에 실패하는 데 있다고 말해도 좋을 것이다. 우스꽝스러운 농담 같은 말들이 사실은 누군가의 살아남기 위한 사투였음을 알아차린「유머」의 화자처럼, 독자가 그 경쾌한 표면을 벗길 때 시의 위장은 비로소 완성된다.

밧줄

이제 저 위장이 감추고 있던, 아니 결국에는 그것이 드러내고 있는 진실을 말할 차례다. 그것은 시적 화자를 비롯하여 서귀옥의 인물들이 상상의 "커튼으로 마음만 먹으면 충분히 밧줄을 만들 수도 있"(「바람과 함께」)는 힘겨운 삶을 살아간다는 사실이다. "죽음보다 깊은, 잠으로 죽음을 잠재우"(「낙타」)고 "자고 일어나면 괜찮다는 위약 같은 말로 아품을 속이"(「공들」)며 생을 견디는 그들의 불행은 세습되며 이어진다.

창문 있는 고시원에서 살기!

버스 옆 좌석 청년의 버킷리스트를 엿보았다 나름, 있어
보이기 위해선지 형광펜이 칠해져 있었다

줄일 게 따로 있지 꿈을 졸라매는 사람은 되지 말라고,
내일은 내일의……

듣기 좋은 말을 고르는 사이

청년이 벨을 눌렀다

급기야

한 세대가 하차했다

—「바람과 함께」 부분

「바람과 함께」의 전반부가 '나'의 불우한 젊은 시절에 대
한 이야기라면, 시의 후반부는 젊은 시절을 모두 지나버린
그가 우연히 버스 옆자리에 앉은 "청년의 버킷리스트"를 엿

보면서 시작된다. '커튼 있는 방에서 살기'를 꿈꿨던 '나'와 '창문 있는 고시원에서 살기'를 꿈꾸는 청년은 얼마나 닮아 있는가. '나'의 이야기에서 젊은 청년의 이야기로 전환되는 시의 구성은 그들의 가난이 마치 대물림되는 것처럼 보이게 한다. 이 구성이 다분히 의도적으로 느껴지는 것은 청년 개인이 아닌 "한 세대가 하차했다"라고 적음으로써 시인이 이를 세대의 문제로 확장하기 때문이다. 말하자면, 가난한 자의 목을 죄는 밧줄이 세대를 넘어 계속 이어지는 그 유구한 역사의 현장으로 이 시는 우리를 데려간다.

「계승자」는 제목부터가 직접적이다. 이 작품에서 시인은 한 언론사에서 기사화한 바 있는 물류노동자 "민혜(가명) 씨"의 사연을 담는다. 퇴직금을 주지 않으려는 사측의 꼼수로 십 년 차 경력자임에도 삼 개월 계약직으로 일하는 그녀의 사정에 더해 시인은 그녀가 "인력사무소에서 아버지와 마주"치는 장면을 삽입함으로써 본격적으로 계승의 문제를 주제로 삼는다. "우린 짧게 쓰고 버리는 소모품이에요"라고 민혜씨가 말할 때 '우리'는, 그와 같은 물류노동자만이 아니라 아버지와 자신을 아우르는 말이 되어 부모로부터 계승되는 것들에 대해, 이를테면 가난과 사회적 지위, 그리고 "꼬박꼬박 적립해온 불운들"(「법정에 가요, 쇼핑하러」)에 대해 돌아보게 한다.

물론 세대를 거쳐 이어 내려오는 것은 가난과 신분과 불운만은 아니다. 여성은 태어나자마자 자신도 모르게 차별의 역사를 이어가기도 한다.

한 생의 슬픔이 반드시 개인적 비극은 아닐 거란 생각
이 들더라.

불가피하게 집 나와 미싱 돌리고 식모살이하고 몸 팔았
던 언니들의, 있었는데 없는 꿈들과

희생이라는 말에 흐르는 갸륵한 피로 연명한, 오만방자
한 풍속들이

무관하지 않을 거라는 확신이 들었어.

아들이 잘돼야 집안이 산다!

고작 집안이나 살리자고 딸들을 제물로 쓰는 아버지보
다 그 일련의 의식들과 무관한 듯 줄곧 방관해온 엄마를
참을 수 없어서

언제까지 그렇게 살 거야. 발전이 없잖아, 발전이! 아
들이 대수야!

따지려다 입 다물었어.

대수다마다. 딸 여덟에 아들 낳고 끙, 소리 한 번 냈다.
평생의 자랑이고 비장의 무기고…… 날 살리러 온 구원
자란 말이다!

(……)

죽으면 용서가 돼?

죽긴 왜 죽어. 지긋지긋하게 천천히, 살아서 폭로할 거
야! 진짜, 신에게.

항렬, 그 찬란하고 유구한 줄기 어디쯤에 뜨겁게 흐르다

끊긴

물소리가 소용돌이치고 있다고.

우리가 태어난 것은 선하고 아름답고 마땅한 일이라고.
　　　　　　　　　　　　　　　　—「안녕, 하나코 언니」 부분

이 시에서 되짚고 있는, 집안을 위해 자신의 꿈을 잊고 "미
싱 돌리고 식모살이하고 몸 팔았던 언니들의" 희생의 역사가

바로 그러하다. '나'는 그녀들이 "떠안았던 슬픔"이 "개인적 비극"이 아니라 사회적이고 집단적이며 역사적인 문제임을, 그것이 얼마나 비합리적이고 "오만방자한 풍속"의 결과인가를 설명한다. 인용되지 않은 부분에서 "아름다운 열매가 될 것"처럼 보이지 않아 "이웃집 부부가" 솎아낸 "사과"와 인구수를 "조절"하기 위해 절벽을 건너뛸 것을 강요받았던 "일본 요나구니섬"의 임신부들처럼, 타의에 의해 강제적으로 재단되어왔던 여성의 삶을 이 시는 폭로한다.

이 폭로에 깊이가 더해지는 것은 이러한 역사가 이어져온데에 어머니의 방관이 중요한 역할을 했다는 점을 '나'가 지적하면서부터다. 자신 역시 여자로 태어났다는 이유로 차별받은 피해자임에도 불구하고, 어머니는 아들을 "평생의 자랑이고 비장의 무기"이자 자신을 "살리러 온 구원자"로 인식한다. 아마도 여기에는 지배 구조 내에서 안정적인 위치를 차지하고 인정받고 싶은 욕망이 자리하고 있을 것이다. 주지하듯, 이런 욕망이 남아선호사상을 반복적으로 강화하며 악순환을 초래했고, 결국 애증이 뒤섞인 모녀 관계를 빚어냈다. 「미필적 고의」「미안, 미안……^^」「불우한 잠」 등 서귀옥의 시에서 종종 확인되는 어머니와 딸 사이의 복잡 미묘한 감정은 이와 같이, 어머니에게 내면화된 성차별적 사회구조와 밀접하게 연관되어 있는 듯하다.

한편, 돈을 벌어 집안을 먹여 살리거나 아들을 낳아 가문의 대를 잇게 하는 등 여성이 가정에서 오로지 도구로 존재

한다는 사실은 그녀들에게 주어진 이름에서도 드러난다. 남성에게는 항렬자를 붙여 가문의 대를 잇는 자임을 명시하는 반면, 여성에게는 그러한 글자가 허용되지 않는다는 점이 그 대표적인 예이다. 그뿐인가. 다음 시에서 볼 수 있듯 여성의 이름은 때로 "저열하고 무성의한 작명 방식"으로 지어진다.

세상에 있으면서 없고
나이면서 모두이며
신청인이면서 사건본인입니다.

지성녀(池姓女) 나는 이런 사람입니다.

성녀야!

누가 부르면 사려 깊고 친절하게 돌아본 적도 있습니다. 호적 관련 서류를 보기 전까지.

증조모 박성녀(朴姓女) 조모 김성녀(金姓女)

나는 '지씨 성을 가진 여자'의 현재이자 '박씨 성을 가진 여자'와 '김씨 성을 가진 여자'의 미래인 셈입니다.

미래가 돌림노래도 아니고.

아버지의 저열하고 무성의한 작명 방식에 치를 떨면서 한편으로는 생활하는 것밖에 모르는 아버지가 나름 이름을 고심하다가 갑자기, 이 세상 사람의 얼굴로 뒷목 잡으며

하나 더 발생한 입, 무섭게 크는 입…… 아, 남아나는 게 없겠구나!

그랬을 거라고 그럴 수 있다고 되도록 좋은 쪽으로 생각했습니다.

옛날엔 다 그랬다.
이름 없으면 무시당해요, 아버지. 이름은 얼굴이고 옷이고 힘이에요.
너무 많이 가르쳤구나.
곧 고등학교도 가야 하고, 이름을 가져야……
딸년이 무슨
개명 안 해주면 집 나가요, 저.
나가라. 내 눈에 흙 들어가기 전엔 호적 더럽히는 꼴 못 본다.

첫 모욕을 뒤집어쓴 후, 이름은 이름을 붙여준 자의 품격이
라고 정의 내렸습니다.

　　무식해서 용감한 새끼!
　　　　　　　—「나는 이름이 없는 사람입니다」 부분

　개명 신청을 한 '나'가 법정에서 그 취지를 진술하는 이
시의 극화적 구성은 자신만의 삶을 누리지 못했던 여성의
고통을 육성을 듣는 듯 생생하게 전달한다. '나'와 증조모
와 조모가 성만 다르고 '성녀(性女)'라는 똑같은 이름을 공
유하고 있다는 시의 설정은 여성이 가족 안에서 어떠한 위
치에 있었는지를 여실히 드러낸다. 여성이라는 성별과 부계
에 대한 정보만을 제공하는 그 이름에는 응당 갖춰야 할 고
유성이 결여되어 있다. 여성을 단순히 도구화한 것을 넘어
그저 '하나의 입' 정도로 여기는 시각이 전제되어 있는 것이
다. 여성에게는 개명도 교육도 허락하지 않으면서 가족으로
서의 역할만을 강요하는 가부장제 속에서 여성은 가정의 생
계를 유지하거나 부모를 봉양하는 것까지 모두 자신의 몫으
로 떠안은 채 살아야 했고, 시인은 이것이 마치 "돌림노래"
처럼 반복되어온 여성의 일생이라고 말한다.
　누군가의 목을 옭아매고 있는 밧줄이 과거에서부터 이어
져 내려온 계급적·관습적 산물일 때, 서귀옥의 시에서 다
뤄지는 고통은 더이상 개인적 영역에 머무르지 않는다. 그

의 시집이 다분히 자전적인 시들을 여럿 포함하면서도 사적인 이야기로 한정되지 않는 이유가 바로 여기에 있다. 말하자면, 우리는 시인의 이름을 제목으로 삼은 「貴玉」에서 소설과 동화로 등단한 바 있는 시인의 과거("암암리에/ 여럿의/ 나를 옮겨다니는 동안")를 상기하고, "시인으로 살아보겠다고 법무사 사무장 관두고 만학을 결정"(「유머」)한 '나'를 통해 실제 시인의 삶을 떠올리는 동시에 한 개인의 심원한 고통의 원인이 되었을 공동의 문제에 대해서도 함께 생각하게 되는 것이다.

동아줄

누군가의 불행을, 그리고 자신의 불행을 더이상 두고만 볼 수 없는 이들은 무엇을 하는가. 앞서 읽은 「나는 이름이 없는 사람입니다」에서 시적 화자는 "나의 현재도 누군가의 미래도 바꾸지 못했다는, 나도 나를 유린했다는, 사실에 직면"한 후 자신의 이름을 바꿈으로써 모욕의 역사를 끊으려 한다. 그렇지만 그의 행위가 사실상 "지씨 성을 가진 여자"에 한정되어 있는 것처럼, 이는 어떤 시발점일 뿐 모두의 밧줄을 끊는 데까지 나아가는 것은 사실상 요원하다. 이 불행한 진실은, 반대로 말하자면 이러한 행위에 동참하는 수많은 이들이 필요하다는 사실을 시사하며, 그날이 올 때까지

— 이 지난한 과정을 견딜 방도를 강구하게 한다.

윌슨! 요즘 부쩍 마음이 입 밖으로 튀어나오고 그런다.

(……)

내가 가진 것 중 가장 먼저 버릴 걸 고르라면…… 뭐 해, 안 꺼지고?

안 돼, 윌슨! 가지 마. 미안해, 미안하다고! 진심 아닌 거 알면서.

지구도 무인도나 다름없어. 각자 제 삶을 표류하잖아. 봐, 사람 속에서 따분해 죽겠다는 얼굴들.

요점이 뭐냐고? 지금 시급한 게 뭐겠어. 배구공이든 곰 인형이든 잡동사니든 벽이든…… 너 없으면 안 된다는 뜻 이잖아.

시간이 나를 중심으로 돌아가던 시절엔

독립이 재난이 될 줄 몰랐지.

—

처음부터 다시 사는 법 배워야 한다는 거. 내가 생각보다 하찮고 나약한 존재라는 거, 내가 거절한 격려와 충고들이 내 생존의 원천이었다는 거, 내가 삼켰던 말들이 진짜 해야 할 말이었다는 거.

고맙고 미안하고 사랑……

아무튼, 노인의 집 앞을 지나는데 도란도란 말소리가 들렸어. 그때 봤어. 문짝 없는 문갑 찌그러진 주전자 이 빠진 밥사발 어느 화창한 봄에 멈춘 달력 수년 전 고속버스표…… 말 잘 들어주는 착한 윌슨들.

주민복지센터 담당자 심리상담사 청소용역업체 직원 몇몇 이웃이 다녀갈 때 한 번씩 열리긴 하지만 대체로 굳게 닫혀 있는 집.

나는 종종 대화에 참여하는 기분으로 그 집 앞에 서 있곤 했어. 왜긴? 장마가 길어지면 방이 깊어질 테고, 잘하면 방에서 나올 방법 찾을 수도 있고, 그 집엔 없는 게 없으니까. 뗏목을 만들 생각이거든.

윌슨, 나 지금 되게 벅차!
　　　　　　　　　—「밧줄을 더 많이 만들어야 해」 부분

시인은 영화 〈캐스트 어웨이〉속 무인도에 떨어진 척 놀랜드의 이야기를 하나의 길잡이로 삼은 듯하다. 희망을 잃고 삶을 끝내려던 척이 살아남기로 결심했던 것은 그에게 배구공 친구 윌슨과 다시 만나야 할 연인이 있기 때문이었다. 그렇다면 벼랑 끝에 서 있는 이들을 구원하기 위해 가장 필요한 것 역시 그들을 혼자 두지 않으려는 노력이 아닐까. 그러한 노력은 혼자 사는 노인의 집에 다녀가는 "주민복지센터 담당자 심리상담사 청소용역업체 직원 몇몇 이웃이" 그러하듯 작은 손길을 내밀어주는 데서 시작된다. 보다 구체적으로 말하자면 "적막을 잡동사니보다 높게 쌓아올린/ 이웃의 방,/ 문을/ 두드려보는 것"(「네, 대답하면 세상이 안심한다」), "신의 눈에도 안 밟히는 사람들"(「누락의 발견」)을 애정어린 마음으로 붙들어보는 것이다.

이것은 척이 그러했듯 밧줄을 새롭게 활용하는 방법이기도 하다. 고목나무에 밧줄을 걸어 삶을 끝내려던 그가 자신이 가지고 있는 물건들을 밧줄로 이어 뗏목을 만듦으로써 무인도를 탈출했던 것처럼, 타인의 고통(밧줄)을 우리 모두의 것으로 삼을 때 그것은 누군가를 살리는 힘(뗏목)이 된다. 여러 가닥을 엮어 단단해진 밧줄을 우리는 '동아줄'이라고 부른다. 동아줄은 어려운 상황을 극복할 수 있는 기회나 도움을 빗대는 말이기도 하다. 서로의 고통을 무심코 지나치지 않는 일이야말로 서로를 지켜주는 동아줄이 될 수 있음을 이 시는 보여준다.

시인은 우리의 삶을 옭아매는 밧줄들을 시집 속에 나란히 나열해두었다. 이번 시집을 통해 시인의 시를 한 편씩이 아니라 여러 편 함께 읽는 행위가 밧줄의 특별한 사용을 가능하게 한다. 즉, 한 권의 시집에 담긴 여러 고통이 섞이는가 하면, 독서의 과정에서 떠올린 독자 자신의 고통이 더해지기도 한다. 시집을 읽어나갈수록 시 속의 밧줄과 독자의 그것이 서로 엮인다는 뜻이다. 이런 경험은 독자를 시에 녹아든 아픔들과 분리되지 못하게 함으로써 "울고 싶은 사람을 돕기 위해 슬픔을 경작"하는 "막중한// 인력들"(「계승자」) 중 하나로 만든다. 그리하여 시집은 누군가의 생을 구원할 수 있는 동아줄이 되기를 자처하는 독자를 세상에 내어놓는 방식으로, 그 스스로 동아줄이 된다.

우리는 시가 시인 자신에게도 동아줄이었으리라는 사실을 알고 있다. 시인과 쉽게 구분되지 않는 시적 화자는 때론 "결핍이 남아돌아서"(「좋은 인상」) 써봤을 뿐이라며 시를 향한 간절함을 애써 감추기도 하지만 "사람 꼴로 사람 얘기 쓰기 싫"(「패닉」)다며 "사람이란 사람 다 닫아걸고" "잠들지도 못하면서"(「좋은 인상」) 시를 쓸 만큼, 생활보다 시를 앞자리에 두었다. 그렇다면 시는 서귀옥의 생을 붙들었고 서귀옥은 시를 쓰기 위해 살아가다 마침내 자신의 이름을 가졌다고 말해도 좋지 않을까.

비로소 나온 그의 첫 시집 앞에 이렇게 선언하려 한다. 서귀옥은 상상의 커튼으로 결국은 동아줄을 만들었다고. 동아줄로 커튼을 만들었다고 뒤집어 말해도 틀리지 않을 것이다. 그가 갖게 된 첫 시의 집에는 세상에 "있어,/ 마땅한"(「누락의 발견」) 우리를 따뜻하게 보호하고, 저마다의 "보폭과 속도로" "다르게 도착할"(「미래는, 내가 이름 붙여준 나의 골든레트리버」) 미래를 꿈꾸게 하는 커튼이 달려 있으므로. 이곳에서 우리는 서로에게 다정히 말을 건넨다. "살기만 해요, 우리"(「위녀」).

서귀옥 2012년 김유정신인문학상을 수상하며 작품활동을 시작했다.

우주를 따돌릴 것처럼 혼잣말

ⓒ 서귀옥 2025

초판 인쇄 2025년 4월 21일
초판 발행 2025년 4월 30일

지은이 | 서귀옥
책임편집 | 방원경
편집 | 정은진
디자인 | 수류산방(樹流山房) 본문 디자인 | 최미영
저작권 | 박지영 형소진 오서영
마케팅 | 정민호 서지화 한민아 이민경 왕지경 정유진 정경주 김수인
        김혜원 김예진 나현후 이서진
브랜딩 | 함유지 박민재 이송이 김희숙 박다솔 조다현 김하연 이준희
제작 | 강신은 김동욱 이순호
제작처 | 영신사

펴낸곳 | (주)문학동네
펴낸이 | 김소영
출판등록 | 1993년 10월 22일 제2003-000045호
주소 | 10881 경기도 파주시 회동길 210
전자우편 | editor@munhak.com
대표전화 | 031) 955-8888 팩스 | 031) 955-8855
문학동네카페 | http://cafe.naver.com/mhdn
인스타그램 | @munhakdongne 트위터 | @munhakdongne
북클럽문학동네 | http://bookclubmunhak.com

ISBN 979-11-416-0196-6 03810

* 이 책의 판권은 지은이와 문학동네에 있습니다. 이 책 내용의 전부 또는 일부를 재사용
  하려면 반드시 양측의 서면 동의를 받아야 합니다.

잘못된 책은 구입하신 서점에서 교환해드립니다.

기타 교환 문의: 031) 955-2661, 3580

www.munhak.com

문학동네